CW00842942

- Jack
le epiche avventure di
SGABORT E PEPITO LA CIMICE

Indice

Prologo	1
Capitolo 1 Nella Terra dei Mufloni	7
Capitolo 2 L'Isola del Faro a Pedali	53
Capitolo 3 La delusione amorosa di Scroto	86
Capitolo 4 Sgabort e Bambina	106
Epilogo	130
Dediche e Ringraziamenti	131

Prologo

Italia,
Pianeta Terra, 2011

Per Carlo era una giornata ordinaria in una vita ordinaria.

Come al solito, si trovava imbottigliato nel traffico con l'intenzione di tornare a casa dopo una lunga giornata di lavoro. Con il passare degli anni, si era abituato a quei lunghi minuti di attesa in tangenziale all'interno della sua Panda Young del 2001, imparando a sfruttarli per riflettere e fantasticare.

Accese la radio per attenuare il sottofondo esterno fatto di suonate di clacson e imprecazioni. Lasciandosi trasportare dai suoi pensieri fantasiosi cercava di rendere più sopportabile il viaggio.

Dall'età di diciannove anni si occupava del reparto audio-video di un grosso negozio di elettrodomestici della catena Drugotronic, situato al centro di Milano.

Nei primi periodi apprezzava quel lavoro, poiché gli piaceva stare a contatto con le persone, ma con il passare degli anni l'entusiasmo si affievolì e rapportarsi con il pubblico non gli andava più a genio. Era stanco di avere a che fare con gente arrogante e maleducata, incapace di leggere e comprendere un maledetto libretto di istruzioni, inoltre il direttore spesso e volentieri sbraitava contro gli addetti vendita, ritenendo che fossero la causa della diminuzione del fatturato.

Negli ultimi mesi c'era stata una pesante riduzione del personale, questo aveva portato a un aumento degli orari di lavoro per i dipendenti graziati, i cosiddetti "fortunati", costretti a lavorare anche le domeniche e molti giorni festivi, spesso con straordinari non pagati. Il tempo libero stava divenendo un miraggio e questo lo frustrava, si sentiva annientato come uomo, schiacciato in una macchina consumistica che non aveva più senso di esistere.

Avrebbe voluto dimettersi, ma la crisi economica, che aveva messo in ginocchio molte attività lavorative, lo faceva desistere dal farlo. A questo si univa il timore di comunicare ad amici e conoscenti che non aveva più un lavoro perché era stato lui stesso a mollarlo, per non parlare della reazione che avrebbe avuto sua moglie, sarebbe stato il colpo di grazia per un matrimonio ormai al capolinea.

Spesso si chiedeva come sarebbero andate le cose se avesse fatto scelte diverse in passato, come per esempio continuare gli studi. Dopo aver conseguito il diploma scientifico con buoni voti, il suo intento era quello di iscriversi all'università per studiare biologia. I genitori sarebbero stati ben lieti di aiutarlo con le spese ma, per non gravare sul bilancio familiare, decise di lavorare per un paio di anni, in maniera tale da potersi sostenere autonomamente e con tranquillità nel periodo universitario. Quel paio di anni si erano trasformati in dieci anni. Adesso che aveva ventinove anni, si sentiva imprigionato in una vita che non considerava più sua.

Ironicamente si definiva un uomo a metà, poiché quello che iniziava con grande euforia lo lasciava incompiuto, come quel corso di pittura lasciato a metà, il corso di spagnolo lasciato dopo appena tre lezioni e la palestra in cui non aveva mai messo piede, benché avesse pagato l'iscrizione e il primo mese. Aveva cominciato a scrivere un romanzo, ma ovviamente anche quello rimase incompleto. La stessa sorte era toccata ai numerosi libri mai finiti di leggere, lasciati a prendere polvere sulla libreria in legno massello. Lui si giustificava dicendo che non aveva tempo a sufficienza da dedicare ad attività extra lavorative, ma la verità era un'altra, era dannatamente pigro.

L'unica passione che non aveva mai accantonato era suonare la cornamusa. Tale passione gli fu tramandata dal padre e sin da bambino rimaneva incantato nel sentire il suo suono.
Non dimenticherà mai quando, al suo ottavo compleanno, ricevette la sua cornamusa personale, dopo aver baciato e abbracciato i genitori, corse subito in strada a far vedere ai suoi amici ciò che aveva ricevuto in dono. Nonostante riuscisse a malapena a soffiarci dentro, si sentiva il bimbo più fortunato del mondo.
Con il tempo, divenne una consuetudine suonare insieme a suo padre. Non appena si ritagliavano del tempo libero, cercavano un bosco lontano dal caos cittadino, in cui esibirsi davanti a un pubblico fatto di alberi secolari e animali selvatici. Adorava quello strumento e adorava suo padre, era il suo eroe.

Erano passati quattro anni da quando i suoi genitori passarono a miglior vita, travolti a uno stop da un camionista ubriaco.
Sua madre morì sul colpo, suo padre resistette in coma per circa due settimana, ma alla fine si arrese. Decise di mettere insieme a lui nella bara la sua vecchia cornamusa, illudendosi che così facendo avrebbero suonato ancora insieme.
La loro perdita fu un duro colpo, non riusciva a farsene una ragione, sentiva che da quel giorno qualcosa era cambiato, qualcosa si era spento, il suo sorriso aveva gli occhi malinconici.
Quando si recava da loro per fargli visita si sentiva ancora un bambino. Dopo la loro assenza dovette diventare definitivamente adulto e non era ancora pronto. Chi di noi lo è realmente?

L'unica cosa che gli dava conforto, inutile dirlo, era lei, la cornamusa.
Aveva rivestito la cantina con vecchi materassi per renderla insonorizzata, quel luogo divenne il suo rifugio. Quando c'era qualcosa che non andava per il giusto verso si nascondeva lì, fuori dal mondo, chiudeva gli occhi e immaginava di suonare con suo padre in un bosco paradisiaco. A volte gli sembrava di sentire realmente il suono di due cornamuse, in quei momenti si sentiva protetto.

Finalmente arrivò a casa, finalmente per modo di dire, come tutte le sere sua moglie Sara lo accolse freddamente. Era seduta sul divano intenta a leggere un romanzo thriller, abbassò per un istante il libro, gli lanciò un'occhiata vacua e poi ritornò a occuparsi della lettura.
Ultimamente tra di loro era calato il gelo, non c'era più la comunicazione e la complicità di un tempo. L'amore che gli univa si era tramutato in abitudine.
Si conoscevano dai tempi del liceo dove frequentavano la stessa classe. Divennero molto amici trascorrendo interi pomeriggi assieme, con il passare del tempo finirono per innamorarsi.
All'età di 23 anni convolarono a nozze e nei primi anni tutto scorreva meravigliosamente. Lui avrebbe tanto voluto avere dei figli, ma lei non era favorevole, era concentrata sulla carriera e i figli avrebbero rappresentato un intralcio. Carlo dovette adeguarsi.
Sara si laureò in giurisprudenza con 110 e lode, fece qualche anno di dura gavetta negli studi legali milanesi diventando una brillante avvocatessa penalista.
La sua carriera professionale, in continua ascesa, le permise di crearsi una stabile situazione economica ed emanciparsi.
Non perdeva mai occasione di rinfacciare a Carlo il fatto

che lei fosse riuscita a progredire professionalmente, mentre lui era rimasto fossilizzato sul lavoro di commesso. A lui dava molto fastidio sentire quelle parole taglienti, soprattutto quando si verificavano scenate davanti ai loro amici.

I loro caratteri erano completamente agli antipodi. Carlo era un eterno sognatore, mentre Sara era una donna pragmatica con i piedi ben ancorati per terra.

Inizialmente, le differenze caratteriali completavano il loro rapporto, ma con il passare del tempo avevano finito per farli allontanare.

Carlo le voleva ancora molto bene e sperava che un giorno le cose si sarebbero sistemate, nonostante questo, ultimamente si trovava spesso a meditare sul divorzio. Sara era un'affascinante donna affermata e lui non aveva intenzione di tarparle le ali, anche se a malincuore, avrebbe preferito vederla sorridere tra le braccia di un altro uomo piuttosto che infelice.

Raramente trascorrevano una serata insieme, quando erano in casa ognuno era in una stanza diversa. Per loro fortuna, l'abitazione era abbastanza spaziosa per permettere una pacifica convivenza, se avessero vissuto in un monolocale sarebbe venuta a crearsi una situazione surreale. Ve li immaginate ognuno nel suo angolo mentre cercano di evitare l'uno lo sguardo dell'altra?

Nelle sere in cui il clima era particolarmente teso, Carlo si rifugiava in cantina, ritornando in casa a tarda notte solo per dormire.

Malgrado la crisi matrimoniale, dormivano ancora nello stesso letto, inconsciamente non volevano ammettere la fine del loro amore. I pochi decimetri di distanza nelle coperte apparivano gelidi chilometri.

Quella sera Carlo, come capitava spesso nell'ultimo periodo, non riusciva ad addormentarsi. Vagando con la mente si immaginò ad anni luce di distanza in un luogo dove nessuno sapeva chi fosse e lui poteva creare qualcosa di diverso, battezzò questo posto con il nome di Regno delle Cornamuse. Mentre la sua fantasia si faceva strada, si addormentò. Su di lui comparve una sfera di luce che gli inondò il corpo di scariche elettriche, tutta la stanza si illuminò a giorno. Dopodiché, buio.

Capitolo 1
Nella Terra dei Mufloni

Nello stesso istante:

Terra dei Mufloni,
Pianeta Piper, Anno 1954 Dopo Hot Rod

In un bosco incantato, una moffetta fatata lasciò sull'erba un ricordino corporeo dal colore marrone e dall'odore nauseante. Ebbene si, al contrario di quanto si potrebbe pensare, anche gli animali fatati hanno bisogno di espellere m... Suvvia gente, non fatemi essere volgare.

Mentre un temporale creava giochi di luce nel cielo, un fulmine colpì l'escremento per nulla fatato.

Nel buio della notte scariche elettriche illuminarono il bosco. La deiezione, che cominciò a prendere vita mutando forma, divenne prima un feto, poi un neonato, poi un infante e infine, dopo ore di travaglio, un ragazzo dall'aspetto sgradevole e maleodorante.

Il ragazzo, privo di forze, si mise faticosamente in posizione eretta e, dopo aver cercato di ripulire il corpo dalla sostanza appiccicaticcia che lo rivestiva, iniziò lentamente a camminare senza una meta precisa attraverso il bosco oscuro, effettuando un percorso ignoto ai suoi occhi. La sua andatura ricordava quella di un ubriaco che non riesce a ritrovare la via di casa.

Era nudo, tremante e confuso, nonché dolorante, considerando le numerose facciate date agli alberi che gli ostacolarono il cammino.

La notte era fredda e buia, le stelle erano ricoperte da nubi minacciose che impedivano di trovare un punto di riferimento con cui orientarsi, ma a lui non importava, voleva solo trovare una via d'uscita. Imperterrito continuò la sua marcia. Di colpo arrestò il cammino fermandosi a riflettere, una domanda gli frullava per la testa, "dove mi trovo?"

I ricordi terreni nella sua mente erano assopiti, ma pian pianino ricominciavano a riemergere in superficie.
Gli capitava spesso di svegliarsi nel cuore della notte non ricordando chi fosse, ma erano situazioni che duravano pochi secondi, in questo caso erano passate diverse ore e lui era certo di una cosa, quello non era il suo letto.
Camminò per ore, ormai era giorno e in lontananza si intravedevano gli ultimi alberi. Aumentò l'andatura nonostante i sofferenti piedi scalzi, speranzoso di trovare un paese appena risvegliato.
Con rammarico, trovò solo una terra abbandonata con case disabitate, quei pochi animali trovati sul suo tragitto fuggirono via impauriti a causa dello spiacevole aspetto e del cattivo odore, non dimentichiamoci che sino a poche ore prima il nostro amico non era altro che uno stronzo.
Triste e stanco, si diresse verso un masso sedendosi su di esso per riprender fiato. Era abbattuto, ormai le speranze erano ridotte a un barlume, poggiò i gomiti sulle gambe adagiando il volto sulle mani, fu solo allora che si rese conto di quanto puzzasse.
Chiuse gli occhi per riposarsi. Mentre era sul punto di addormentarsi, una voce lo riportò alla veglia, «ehi tu!»
Si guardò intorno, ma non vide nessuno.
Richiuse gli occhi, ma risentì il suono della stessa voce, «dico a te!»
Si riguardò intorno, ma non vide ancora nessuno.
«Sono qui, imbecille!», la voce assunse un tono stizzito.
Finalmente lo vide, era un piccolo animale volante che gli si posò sulla spalla.
L'esserino riprese a parlare, dicendo, «è da questa mattina che ti tengo d'occhio, si può sapere perché te ne vai in giro nudo? Cos'è questo terribile fetore che emani? Sei proprio un essere ripugnante, fossi in te mi vergognerei a far-

mi vedere in giro.»

Il ragazzo lo guardò con sguardo incredulo, urlando entusiasta, «che bello! Una farfallina parlante!»

«Non sono una farfallina, idiota!», dopo aver tossito e scatarrato, si atteggiò a cavaliere impavido, dicendo, «lascia che mi presenti, io sono Pepito la cimice bionda, bello come me nessuna cimice è stata mai. A parte Jimmy la cimice fustacchiona, quello forse mi supera.»

Dopo un'altra scatarrata, sventolò la sua chioma dorata, mostrando il migliore dei suoi sorrisi.

Pepito era una creatura alquanto bizzarra. Era una cimice verde con ali blu che gli conferivano un aspetto da supereroe, indossava un papillon e un paio di mutandoni con la lettera P ricamata sul davanti. Le mutande servivano per prevenire problemi nel basso ventre dopo la traumatica esperienza avuta in passato con le piattole, evento che lo rese famoso nell'intero regno.

Sin da giovane era un accanito fumatore e non sarebbe stato di certo il catarro a fargli abbandonare tale dipendenza.

Andava molto fiero per la sua bionda chioma e guai a chi osasse toccarla o semplicemente parlarne male, le malelingue raccontavano che usasse la tintura per capelli, i più fantasiosi erano convinti che usasse una parrucca, ma lui giurava che erano naturali.

«Ho capito che sai parlare e produci grandi quantità di catarro, ma puoi aiutarmi? Dove mi trovo?», chiese il ragazzo.

«Ti trovi nella Terra dei Mufloni. Stupide bestie!», rispose Pepito e osservandolo, disse, «sto cercando di comprendere che cosa sei, ma qualsiasi cosa tu sia, fai proprio schifo. A parte il sedere, hai proprio un gran bel sedere, chi è il tuo visagista?», scatarrandogli addosso, aggiunse, «tieni, profumati un po'.»

Il ragazzo fu onorato del trattamento ricevuto, ringraziò con commozione Pepito per la sua immensa bontà. Una lacrima scese sul suo lercio volto mettendo in luce il pallore della pelle, dopo averla asciugata, guardò la cimice chiedendo, «ehi, ti va di diventare amici?»

Pepito, dopo aver tossito, rispose, «perché no? Tu hai bisogno di una guida e io spesso vago solitario. A volte ho bisogno di una bestia che mi faccia compagnia.»

«Amici allora!», ribatté il ragazzo entusiasta mentre gli stringeva la zampetta.

«Come ti chiami?», chiese Pepito.

Il ragazzo si avvicinò adagio a una pozzanghera, specchiandosi dentro vide come era diventato, «Il mio nome sulla Terra è Carlo Girotti, ma quello nel riflesso non sono più io, vorrei trovare un altro nome, un nuovo nome per un nuovo me.».

Pepito lo guardò pensieroso, mentre rifletteva gli si accese lo sguardo e prendendolo in giro disse, «vediamo un po', sei brutto come uno sgorbio e ripugnante a tal punto che se fossi cacca mi rifiuterei di defecarti provocando un aborto anale. Vediamo... vediamo... sgorbio, aborto anale... sgorbio, aborto... Ci sono! che ne pensi di Sgaborto?»

«Non so», obiettò il ragazzo credendo che parlasse seriamente, «non mi esalta, stavo pensando a un nome prestigioso che ricordasse i paesi anglosassoni. Sai, nella mia nazione c'è la tendenza a inglesizzare le parole per non fare capire di cosa si sta parlando, non mi sorprenderei se tra qualche anno un'inculata ai danni dei lavoratori la chiamassero jobs act.»

«Trovato!», esclamo a gran voce Pepito, «cosa ne pensi di Sgabort?».

Il ragazzo gonfiò il petto, alzò la mano destra e indicando il cielo esclamò con fierezza, «si! Mi piace! Da ora in avanti il mio nome sarà Sgabort.»

Pepito lo guardò dubbioso, «contento tu!»
Rimasero in silenzio.
Dopo inesorabili minuti, in preda a crampi lancinanti, Sgabort abbassò il braccio la cui mano indicava ancora il cielo.
«Inizia a farsi buio, la temperatura si sta abbassando e, vedendo le nuvole che si stanno formando, sembra che sarà una lunga nottata di pioggia», disse Pepito scrutando il cielo, «seguimi che ti ospito io, così potrai coprirti con qualche indumento che vederti nudo causa miopia ai più fortunati», iniziò a volare lentamente per dare la possibilità a Sgabort di seguirlo. Si diressero verso il bosco, quella sera nacque una grande amicizia.

Mentre erano in cammino, Pepito chiese, «hai detto di essere un terrestre, anche io lo ero. Da che nazione provieni?»
«Italia», rispose Sgabort.
«Per la coppola di Brian Johnson!», esclamò meravigliato Pepito, «sono italiano anch'io!»
Sgabort lo guardò sbalordito, «aspetta un attimo, quante possibilità ci sono che due italiani si incontrino su un altro pianeta? Per caso questo libro lo stanno scrivendo i fratelli Vanzina?»
Pepito atterrò sulla spalla destra del ragazzo, si accese una sigaretta, lo guardò dritto negli occhi e dopo la scatarrata di rito, rispose, «peggio... molto peggio.»

I due ripresero il viaggio. «Se non sono indiscreto, mi diresti come sei arrivato sin qui?», chiese Sgabort.
Pepito lo guardò con aria stanca, «è una lunga storia, sono esausto, infreddolito e devo sbattere le ali ancora per tanto tempo. Ora non ho voglia di raccontartela, ma ti prometto che prima o poi te ne parlerò, questo libro non si riempirà certo da solo.»

Finalmente giunsero a destinazione. Arrivarono giusto in tempo, visto che iniziava a sentirsi il suono della pioggia rockeggiare tra piante e arbusti.

L'abitazione, situata sulla riva di un fiume, era una vecchia casa di campagna ed esternamente pareva in ottime condizioni, almeno questo era ciò che si intuiva nel buio. Non era enorme, ma per Pepito, considerando le sue dimensioni ridotte, quella casa era ben più di una reggia. Uno dei vantaggi dell'essere un insetto.

Entrarono in casa e Sgabort azionò l'interruttore della luce.

«Cosa fai? Idiota!», urlò Pepito mentre si spiaccicava ripetutamente contro la lampadina, sembrava che una forza sovrannaturale si fosse impossessata dei suoi movimenti. «Spegnila, ti prego spegnila. Fa male!», lo supplicò.

Sgabort scoppiò in una euforica risata. Era ricurvo su se stesso, con occhi pieni di lacrime che sgorgavano sulle paffute guance e dolori addominali.

«Si può sapere cosa hai da ridere?», sbottò furioso Pepito, «spegni quella stramaledetta luce!»

La luce fu spenta e Pepito tornò alla normalità, anche se dolorante.

«Adesso ascoltami attentamente, affianco all'interruttore c'è una manopola, girala lentamente finché non emana una luce soffusa.»

Sgabort eseguì le istruzioni, ora una flebile luce illuminava l'ambiente. Man mano che i suoi occhi iniziavano ad abituarsi a quella fioca luce, notò che la stanza che lo circondava era essenziale ma confortevole, al centro era situato un tavolo con quattro sedie, inoltre vi era un camino, una cucina a legna e una finestra enorme. Tutto era perfettamente in ordine e pulito meticolosamente.

"Strano", pensò Sgabort, "cosa se ne farà una cimice di tutto questo e sopratutto come farà a fare le pulizie? Boh, magari avrà una donna di servizio."

Si toccò il ventre, ancora dolorante dalle risate precedenti, chiedendo, «perché ti schiantavi contro la lampadina?»

«Non lo so sinceramente, ma ogni volta che ne vedo una accesa devo sbatterci contro, probabilmente sarà qualche strana maledizione. Mi ero fatto costruire degli occhiali da sole per evitare questo inconveniente, ma le donne mi trovavano incredibilmente attraente, pedinandomi a tutte le ore del giorno, così decisi di sbarazzarmene. Adesso possiamo metterci comodi. Immagino che Sarai affamato.»

Sgabort annuì, abbassando lo sguardo verso la sua pancia udì lo stomaco brontolare.

«Dovrebbe essere avanzata un po' di fagiolata, riscaldala pure. Cerca di non fare molto rumore, nell'altra stanza c'è il grande saggio che dorme», disse Pepito mentre volava verso l'angolo dove era situata la cucina.

«Ecco cos'è questo rumore!», disse con tono sorpreso Sgabort, «pensavo che tu soffrissi di aerofagia, invece è un uomo che russa.»

«Che idiota!», pronunciò Pepito fingendosi disperato.

Finalmente la cena fu pronta, il camino fu acceso e Sgabort iniziò a scaldarsi, Pepito gli indicò dove poter prendere una coperta per stare più caldo. Bisogna riconoscere che era una cimice burbera, ma aveva un cuore d'oro.

La fagiolata era gustosa e la divorarono in un batter di ciglia. Placata la fame andarono a dormire, erano stremati.

Sgabort si distese sul divano ancora confuso, non riusciva a spiegarsi come fosse arrivato lì, ma allo stesso tempo era felice per aver conosciuto Pepito, per quanto strano egli fosse, un amico è pur sempre un amico.

Una parte di se era convinta che l'indomani si sarebbe risvegliato nel suo solito letto, in fondo gli sarebbe dispiaciuto terminare quella nuova avventura così rapidamente.

"Beh, se questa è la mia nuova realtà, almeno domani non dovrò svegliarmi presto per andare a lavoro e non dovrò affrontare la freddezza di Sara", pensò tra se e se toccando il suo nuovo volto, infine aggiunse ad alta voce, «Buonanotte angelo biondo.»

Non giunse alcuna risposta. Il nostro mini eroe, adagiato sul davanzale, era già crollato dal sonno.

Non ci resta che attendere il loro risveglio augurandogli buonanotte.

Sgabort fu risvegliato dai raggi della stella Galileo che filtravano dalla finestra, il maltempo della notte precedente era ormai un vago ricordo.

Impiegò qualche istante prima di ricordare dove si trovava, adesso era certo che non si trattava di un sogno, ma non gli importava. Iniziava a sentirsi a suo agio in quell'angolo dell'universo.

"Fuori deve esserci una bella giornata", pensò. Mentre con gli occhi curiosava aldilà della finestra, notò che Pepito dormiva ancora beatamente sul davanzale.

Come ogni giorno, appena sveglio doveva scaricare decilitri di urina e sfornare una pagnotta di escrementi, così fece. Con rammarico tirò lo sciacquone, notando che ciò che aveva appena prodotto somigliava incredibilmente alla cosa dei fantastici quattro e lui ci si stava affezionando.

«Non c'è cosa più divina che defecar di mattina», disse parlando da solo.

Probabilmente molti di voi proveranno disgusto nell'immaginare ciò che ho appena narrato, suvvia gente, pensavate che l'avrebbe trattenuta per tutta la storia?

Ora che si era svuotato, aveva una gran voglia di uscire e godersi la giornata. Aprì la porta respirando a pieni polmoni, l'aria odorava di primavera, aveva il profumo tipico dei giorni di un'infanzia mai dimenticata in cui correva in mezzo ai prati con le ginocchia sbucciate, quel profumo sapeva di libertà.

Una voce sgraziata lo riportò sulla Terra, sulla Terra per modo di dire, girò lo sguardo e si palesò alla sua vista un omone muscoloso con un kilt che svolazzava al vento scoprendo le bianche natiche sode. Un canto celtico proveniva dalle sue corde vocali, «adoro sciacquar i miei piedi nell'acqua cristallina, adoro il mio kilt che sventola di mattina.». Avvertendo la presenza di Sgabort, lo salutò agitando entrambe le mani, «buongiorno dolcezza.»

Sgabort rientrò perplesso in casa dirigendosi verso la finestra, «svegliati! Pepito svegliati!»

«Spero che tu abbia un valido motivo per rompermi le scatole di primo mattino!», disse Pepito con voce rauca, dopodiché cominciò a tossire, «maledetto il giorno che ho cominciato a fumare», si mise seduto e si accese una sigaretta, «aaahhh! Adoro il sapore della prima sigaretta della giornata.»

Sgabort lo guardò dubbioso, stava cercando di decifrare le ultime frasi udite, ma ci rinunciò subito, «scusami se ti ho svegliato, ma fuori c'è un uomo in gonna con le chiappe al vento.»

«Bene, vedo che hai appena conosciuto Temistocle il Virile, noto anche come Temisfashion. Quella non è una gonna ma un kilt, sei proprio un ignorante», rispose Pepito. Appena sveglio era più intrattabile del solito.

«Chi sarebbe Temistocle?», lo interrogò Sgabort.

«Come chi sarebbe? Non lo hai dedotto dall'aspetto? È il grande saggio», rispose seccato Pepito, poi spiccò il volo e dirigendosi verso la porta disse, «vieni che te lo presento.»

Un omone sulla sessantina, alto oltre un metro e novanta, si innalzava davanti a loro, era corpulento ma dall'aspetto delicato e con mani ben curate, una fitta barba rossa gli rivestiva il volto, lunghi capelli rossicci con meches indaco cascavano sulle larghe spalle, il collo era avvolto da un foulard rosa che si intonava con il kilt, anch'esso rosa.

La voce assonnata di Pepito pronunciò, «Temistocle, questo è Sgabort. Sgabort, questo è... beh avete capito, ora torno a dormire che ho ancora sonno», svolazzando rientrò in casa.

Sgabort era in imbarazzo, non era mai stato bravo a stringere nuovi rapporti. Al contrario Temistocle si sentiva perfettamente a suo agio, con il tempo e la saggezza era diventato un maestro nel rompere il giaccio, infatti fu il primo a proferir parola, «ti piace il mio foulard?»

Spiazzato, Sgabort annuì.

«È una delle mie creazioni, fa parte della linea di abbigliamento "rosa is fashion"», dopodiché si mise a rovistare nella sua borsetta, «prendilo, è per te», disse mentre gli porgeva un foulard.

«Grazie, lo indosserò dopo», disse Sgabort. Lo sguardo del saggio lo fulminò all'istante.

«Mi sono espresso male, intendevo dire lo indosso subito.»

«Oooohhh! che grazioso!», esclamò in falsetto Temistocle mentre batteva le mani. Era davvero divertente ascoltare il suo vocione trasformarsi in una vocina acuta da scolaretta alle prese con un ragno.

Osservando Sgabort da tutte le angolazioni, disse, «sai che hai proprio un bel culetto? Dovresti presentarmi il tuo visagista.»

In preda a un déjà vu, il ragazzo si grattò il capo.

«Dolcetto, come sei capitato da queste parti?», domandò il saggio.

Sgabort gli raccontò la sua assurda storia, Temistocle ascoltò in silenzio mentre giocava con i capelli. Alla fine disse, «ho capito tutto. Pepito ha fatto un ottimo lavoro, ha trovato il discendente, inoltre devo tagliare queste orribili doppie punte.»

«Conosco un parrucchiere davv... Ehi! Aspetta un attimo, discendente di chi? Cos'è questa storia?», chiese Sgabort allarmato.

In quel preciso istante, i due furono distratti da una scatarrata, era Pepito che si era definitivamente destato. Rivolgendosi a Sgabort, disse, «ma sei orribile con quel foulard, sei ancora tutto lercio e con quell'affare attorno al collo incarni il detto, "una merda in smoking è pur sempre una merda". Ahahahah!», scoppiò in una catarrosa risata, seguita da un attacco di tosse che parve soffocarlo .

Rendendosi conto del suo stato pietoso, Sgabort si diresse verso il fiume per lavarsi. Era talmente sporco che l'acqua intorno a lui divenne melmosa, i pesci nelle vicinanze respiravano a fatica e anche il cigno era moribondo, con quell'andazzo, tra pochi minuti, sarebbe divenuto uno splendido balletto.

Mentre si lavava, chiese a Pepito, «cos'è questa storia del discendente?»

Pepito gli rispose, «Appena sarai presentabile, andremo dal re e ti sarà spiegato tutto, adesso dobbiamo procurarti degli indumenti decenti.»

«Fermi tutti, ci penso io a vestirlo! Corro a creare!», urlò Temistocle in estasi e tornò in casa compiendo piroette finché non si schiantò rumorosamente contro l'uscio. Si rialzò velocemente, fingendo che non fosse accaduto nulla, ed entrò in casa facendo le pernacchie con mani e ascelle, specialità di cui era campione territoriale. Pochi secondi dopo, si udì il rumore di una macchina da cucire all'opera e una voce cantare in falsetto.

Finito di lavarsi, Sgabort per asciugarsi si sedette poggiando la schiena sul tronco di una quercia, incrociando le mani dietro la nuca per stare più comodo. Si mise a contemplare la vegetazione che lo circondava mentre il rumore dell'acqua gli inondava la mente, non si era mai sentito così libero. Pepito era al suo fianco intento a fare le flessioni, d'altronde il fisico di un supereroe ha bisogno di una manutenzione costante.

La voce di Temistocle interruppe il relax. «Ragazzi, se volete potete rientrare, ho appena finito di creare», proclamò con entusiasmo.

Non se lo fecero ripetere una seconda volta, sia perché erano curiosi di vedere le creazioni del saggio, sia perché intuivano quanto ci tenesse a mostrare i frutti della sua passione.

Appena misero piede in casa, si resero subito conto di quanti abiti fossero ammucchiati sul tavolo. Rimasero stupiti di come, in poche decine di minuti, fosse riuscito a dar vita a tutto quel materiale.

Dopo aver provato vari vestiti, decisero di optare per un classico kilt rosso con strisce dorate e una cintura nera sulla cui fibbia a forma di medaglione era disegnata una esse, tale lettera era presente anche sulla placca metallica dello Sporran. Ovviamente, la esse stava per Sgabort, ma credo che non ci sia bisogno di specificarlo.

Sgabort gradiva le varie giacche e camicie che aveva provato, ma si sentiva impedito nei movimenti, inoltre sin da bambino odiava i bottoni, quindi decise di fare a meno di quegli indumenti, indossando direttamente le bretelle sul suo busto villoso e panciuto.

I calzettoni, che riprendevano la decorazione del kilt, erano rossi con linee dorate .

Non trovando le scarpe di cuoio di suo gradimento, pensò di indossare delle normalissime sneakers. Non fu facile convincere Temistocle per quella scelta, ma dopo varie suppliche il saggio cedette.

Per terminare il capolavoro, il collo fu avvolto da un foulard rosso.

Si allontanarono per ammirarlo meglio, ma Pepito assunse un'aria perplessa.

«Cosa c'è che non va?», chiese Temistocle sulle spine.

«Il foulard non gli dona un granché, sembra uno scout deficiente, ci vorrebbe qualcosa che gli conferisca un aspetto da duro», osservò Pepito, guardandosi intorno esclamò, «trovato!», si diresse verso il tavolo, prese un papillon, volò verso Sgabort e gli ordinò, «togliti quel coso e indossa questo», dopodiché, si sedette spompato per riprendere respiro.

Una volta ripresosi, volò vicino a Temistocle per ammirare insieme la loro opera, «che te ne pare?»

«Hai ragione, quel papillon rappresenta la mosca sullo sterco.»

Pepito annuì soddisfatto, si accese una sigaretta e concluse dicendo, «foulard is fashion, ma papillon is ganzo.».

Sgabort andò davanti allo specchio per ammirarsi, gli piaceva molto il suo nuovo look. Ingenuamente chiese, «quando mi date le mutande, dopo pranzo?»

«Non si indossano le mutande sotto il kilt. Stolto!», rispose un Pepito adirato, a cui fece eco un Temistocle indispettito, «ma questo non capisce nulla di alta moda, le mutande sotto il kilt, roba da matti!... roba da matti! Ma da dove è saltato fuori questo bifolco? Andiamo a mangiare che è meglio».

I tre si diressero dal re, l'abitazione era situata a poche centinaia di metri dalla loro.

Temistocle notò che Sgabort era giù di morale dopo la sua sfuriata, gli si avvicinò e mettendogli un braccio sulla spalla disse, «non te la prendere ragazzo, anche noi saggi a volte ci comportiamo da stupidi.». Si guardarono negli occhi scambiandosi un sorriso.

Sgabort parve sollevato. Per un istante fu sopraffatto dalla nostalgia, si sentì tornare bambino quando suo padre lo rimproverava per poi scusarsi di aver alzato la voce.

Esternamente l'attuale abitazione reale, nonostante non fosse un castello, era di dimensioni enormi e ben tenuta, adiacente era situato un orto curato con meticolosità.

Temistocle bussò e il re urlando li invitò ad accomodarsi.

«Scusate se non sono venuto ad aprirvi, ma sto preparando il pranzo», disse il re mentre si muoveva goffamente tra i fornelli.

Il re amava cucinare ma, ahimè, sembrava che gli alimenti non amassero essere cotti da lui. Preparava delle autentiche schifezze che Pepito e Temistocle ingurgitavano controvoglia, fingendo di mangiare piatti prelibati per non smorzare l'entusiasmo regale.

Spesso quando il re li invitava, inventavano le scuse più assurde per evitare di andarci, come quella volta che Pepito declinò l'invito a causa di una notte insonne dovuta alla sindrome premestruale. Purtroppo adesso, dovendogli presentare il discendente, non si sarebbero potuti sottrarre a quella tortura culinaria.

Quando fu ultimata la preparazione della tavola, i tre si avvicinarono e Temistocle annunciò, «per quanto possa sembrare assurdo, questo ragazzo è il discendente divino.»

«Vedendolo bene, sarebbe più azzeccato dire che è il discendente di vino. Bisogna essere ubriachi per crederci», esordì il re scherzando.

«Sono Sgabort. Ai suoi ordini, maestà», pronunciando quella frase sentita tante volte nei film, si inchinò.

«Alzati figliolo. Apprezzo la tua educazione, ma non mi piacciono gli inchini e dammi pure del tu. Io sono re Dingo il Guerriero, sovrano del Regno delle Cornamuse.».

Al contrario del nome, il re non era affatto bellicoso, quando frequentava la scuola per sovrani era un fifone. Alla fine dell'ultimo anno, gli alunni dovevano scegliere il nome da utilizzare una volta divenuti sovrani, il nome scelto per lui, Dingo il Pauroso, non lo convinceva e quindi optò per il più minaccioso Dingo il Guerriero, in questo modo chi avrebbe voluto invadere il suo regno, sentendo quel nome altisonante, ci avrebbe pensato su due volte.

Con il tempo e l'esperienza divenne sempre più coraggioso, ma alcune delle sue paure rimasero, tipo quella per gli starnuti e quella per le coccinelle, in tali situazioni si irrigidiva fingendosi morto, infatti era conosciuto anche con il nome di re opossum.

Fisicamente era basso, ma compensava con un'imponente pancia da birra, nonostante fosse astemio, e delle belle gambe che accavallava appena si presentava un'occasione. La sua età era indefinibile, oscillava dai quaranta ai quattrocentododici anni, dipendeva dalla rasatura della barba. Aveva capelli lunghi e brizzolati che cominciavano a diradarsi al centro della testa, per ovviare a questo problema, integrò la corona con un parrucchino, così quando la indossava, la capigliatura pareva più folta che mai.

«Hai mai visto un re cucinare?», chiese con orgoglio il re a Sgabort.

«A essere sincero è la prima volta, anche perché non ho mai conosciuto un re di persona. C'è una cosa che volevo chiedere, come faccio a comprendervi se siamo di due pianeti diversi? Siamo sicuri che questa storia non la stiano scrivendo i fratelli Vanzina?»

«Rieccolo con questi Vanzina», brontolò Pepito.

Temistocle prese la parola, «c'è solo una persona in tutto l'universo che può rispondere a questo dilemma ed è l'autore di questa folle storia, perché non ci dai una spiegazione?». Ponendo quella domanda, allungò il suo dito indice verso di me attraverso lo schermo del pc.

Colto alla sprovvista, farfugliai, «potrei inventare mille scuse, vi direi che vi comprendete grazie al linguaggio universale, ma sinceramente non so rispondervi e non ho voglia di mettermi a pensare, in fondo non a tutto c'è una motivazione logica, per esempio l'azzurro del cielo non ha una spiegazione scientifica», cercai di portare la ragione dalla mia parte.

Temistocle si sistemò il foulard e disse, «In realtà, una spiegazione esiste per il colore del cielo. Tale fenomeno è dovuto alla struttura chimica e fisica dell'atmosfera, cioè alla sua composiz...»

«Sta' zitto!», lo interruppi bruscamente, «vuoi che ti elimini da questa storia? Perché non mangiate invece di assillarmi? Tra l'altro vedo che vi apprestate a mangiare delle gustose pietanze», aggiunsi facendomi beffe di loro.

«Il solito scrittore da quattro soldi», commentò Pepito imbronciato e poi pensò tra se e se, "poteva almeno eliminare questo pasto disgustoso."

I tre si sedettero a tavola fingendo di gradire il pranzo. A nulla valse la scellerata idea di Sgabort di mangiare velocemente per terminare presto quel supplizio, poiché il re credendo che apprezzasse la sua cucina, e incurante delle smorfie di disgusto, riempì nuovamente il piatto che il ragazzo rimangiò per non risultar scortese.

Quando il pranzo fu terminato e mentre le stoviglie venivano lavate dalle mani gentili di uno scrupoloso Temistocle, Sgabort si sgranchì sollevando le braccia al cielo, esclamando, «ora si che ci starebbe bene una bella pennichella!»

«A chi lo dici ragazzo!», rispose il re, «piacerebbe anche a me, ma dobbiamo spiegarti come mai sei qui.»

Fu acceso il camino e si sedettero di fronte a esso. Fuori c'erano circa trenta gradi e le loro fronti grondavano sudore, ma si sa, il camino acceso crea atmosfera.

Il re prese la parola e poté cominciare il racconto, «è arrivato il momento, mio caro Sgabort, che tu conosca la nostra storia. Vedi figliolo, il nostro regno, conosciuto come il Regno delle Cornamuse, è sempre stato pacifico e fiorente.

Ho sempre cercato di essere un re giusto come lo sono stati i miei predecessori. Le mie terre erano le terre del popolo, ognuno se ne prendeva cura per se e per gli altri in modo che il cibo non mancasse mai a nessuno e ci fosse abbondanza per tutti. Tutti avevano diritto a un'abitazione e l'energia era gratuita.

Avevamo creato una situazione dove nessuno era costretto a lavorare, ma ognuno faceva quello in cui riusciva meglio e lo appassionava di più. Ti sorprenderesti nel vedere quante cose riesce a fare un uomo quando può godere appieno della propria liberta.

Vivevamo in maniera semplice e in armonia, il popolo era felice e io ero amato.

Lo so Sgabort, potrebbe sembrarti utopico quello che hai appena udito, ma corrisponde a verità. Ho sentito raccontare di re lontani che usano la forza per domare il proprio popolo, ma da noi non ce n'è mai stato bisogno, perché se hai la necessità di usare la violenza, vuol dire che pensi solo ai tuoi interessi ed è naturale che il popolo insorga. Ti svesti dagli abiti reali per indossare i panni da tiranno.»

Il re fece una lunga pausa, si asciugò il sudore dalla fronte, qualche goccia era quasi giunta sulle sue gote rosse, bevve un bel sorso d'acqua fredda e poi disse, «accendere il camino è stata proprio una pessima idea, un'ideota direi.»

Per il sollievo generale, il camino fu spento e i quattro si accomodarono intorno a un frigo tavolo aperto per ristabilire una temperatura confortevole. Certo, sarebbe stato più sensato utilizzare un condizionatore d'aria, ma in quelle terre lontane non era stato ancora importato.

«Dove eravamo rimasti?», chiese il re accarezzandosi la barba. Facendo mente locale continuò il suo racconto, «il nome Regno delle Cornamuse deriva da una vecchia leggenda, la quale con il tempo si è rivelata veritiera.

Tanti millenni fa, al piccolo dio Orino fu regalato, per i suoi millenovecentoottantuno anni, un elefante marrone che chiamò Sterky, poiché, quando si accucciava per dormire, ricordava un'enorme montagna di sterco.

Si affezionarono al tal punto da divenire inseparabili. Trascorrevano molto tempo assieme vagando per l'universo in cerca di nuove avventure, sgranocchiando enormi sacchi di noccioline di cui erano ghiotti e combinando tante marachelle al signor Wilson.

Arrivò il giorno in cui il vecchio caro Sterky dovette salire le scale per il paradiso degli elefanti. Orino dispiaciuto, per ricordarlo in eterno, pensò di utilizzare le zanne per costruire una cornamusa magica con cui, suonando e immaginando contemporaneamente, poteva dar vita a ciò che desiderava. Con le sue stesse mani forgiò il cornavorio. Si narra che con esso Orino diede origine all'universo.

Un giorno, mentre lo stava utilizzando con l'intento di creare nuovi mondi, scivolò su della bava di petopiteco squallidum, il cornavorio gli cadde violentemente dalle mani vagando nello spazio profondo per parecchi anni luce, finché non si schiantò contro una terra che all'epoca era arida e desolata.

Con il passare dei secoli e delle piogge, quella terra divenne florida e ricca di vegetazione. Un giorno un gruppo di uomini decise di dimorarvi.

Passarono diversi secoli fino a quando la cornamusa orinica venne ritrovata sotto metri di sabbia. Il ritrovamento fu fortuito. Sulla riva del Mar dei Dugonghi Canterini, un bambino stava scavando nella sabbia per trovare l'acqua, un gioco innocente che tutti noi abbiamo fatto almeno una volta da bambini. Per puro caso quel marmocchio non trovò solo l'acqua, ma anche il divino oggetto di Orino.»

«Scusi maestà, non ho ben capito, l'oggetto era di vino o di orina? L'avete capita? Di vino o di orina», chiese Sgabort, facendo un movimento con le mani per accentuare maggiormente quella pessima battuta accompagnata da una sua chiassosa risata.

«Sta' zitto babbeo e non interrompere», rispose Pepito adirato.

Quella storia l'aveva sentita decine di volte e non vedeva l'ora che il re la terminasse, aveva una voglia matta di accendersi una sigaretta e stava immaginando una cornamusa fatta di sigarette tutta da aspirare.

Il re dette un sospiro in cui si riconosceva pazienza, «capirono subito che si trattava del cornavorio, grazie alla scritta fabbricato da Orino. L'oggetto fu tenuto sotto osservazione per diversi giorni, ma non avvenne nulla di sovrannaturale. Sfortunatamente, conoscevano la parola cornamusa, ma non sapevano cosa fosse.

Un giorno il vento spirò con molta forza investendo il cornavorio con tutta la sua potenza, lo strumento emise un piacevole suono e finalmente compresero il suo utilizzo.

Lo suonarono per ore, ma non successe nulla di particolarmente rilevante, tranne il fatto che emanava luci psichedeliche. Notarono che il suono emesso rallegrava gli animi. Giunsero alla conclusione che soltanto il divino Orino poteva sfruttarne tutte le potenzialità, mentre i comuni mortali potevano creare solo musica e utilizzarlo come torcia in caso di blackout.

Il re dell'epoca, Ralph Von Mattachionen III, saggiamente e altruisticamente, decise di fare un dono al popolo, così diede il compito agli artigiani di produrne uno per ogni famiglia, ovviamente non venne utilizzato l'avorio.

Il cornavorio fu messo sotto chiave nel ripostiglio segreto del re, dove l'unico a cui era consentito l'accesso era appunto il re, il quale si rinchiudeva per giocare con i pupazzetti, tradizione mai caduta in disuso che fu tramandata di re in re, quindi di padre in figlio. Quanto mi mancano quei pupazzetti!», gli occhi di Dingo si fecero malinconici, ma si ridestò subito, «In quel periodo si decise di mutare il nome da Regno del Leprechaun Sobrio a Regno delle Cornamuse.»

Il re notando Pepito che non riusciva a stare fermo con le zampette, e deducendo che avesse una gran voglia di fumare, chiese, «che ne dite di fare una bella pausa? Inizio a sentirmi la bocca secca e non vorrei cominciare a parlare biascicando.»

Gli ascoltatori annuirono e ne approfittarono per rilassarsi qualche minuto.

Il re si fece un bidet nel fiume, Pepito si fumò la sua agognata sigaretta, Temistocle si diresse in bagno per risistemarsi il trucco e Sgabort si distese sotto l'ombra di un cedro per fare una pennichella ristoratrice.

Decisero di continuare il racconto all'aria aperta accomodandosi in riva al fiume. Il re prese una chitarra per proseguire la storia cantando in rime baciate, ma dopo due strofe gli parve una pessima idea e continuò normalmente.

«Quando frequentavo la scuola per sovrani, strinsi amicizia con un tipo simpatico di nome Scroto.»

Scroto discendeva dall'antica dinastia dei Testicoli Protetti, una famiglia potente che come segno distintivo indossava una conchiglia para-genitali di bronzo. In origine la conchiglia era di cactus, ma per via dell'eccessivo dolore e dopo la protesta delle loro donne, costrette ogni sera a estrarre spine dai genitali maschili utilizzando delle pinzette, decisero di utilizzare materiale metallico.

Chi era a capo della dinastia, ovvero chi ricopriva la carica di sovrano, al posto della classica corona, indossava una conchiglia d'oro con al centro un diamante che cambiava colore in base al riempimento della vescica. All'epoca dei fatti, tale conchiglia era di legittima proprietà di Scroto.

«Grazie, avevamo davvero bisogno di questa delucidazione», disse il re seccato, «adesso che questo strampalato scrittore ha terminato la sua narrazione, posso continuare... Allora, dicevamo, Scroto era un ragazzo allegro con cui ci si divertiva parecchio e con cui condividevo la stessa stanza, tra di noi nacque una forte amicizia. In quel periodo, dopo una notte di bagordi, gli raccontai ingenuamente del cornavorio, lui parve interessato e incuriosito come lo sarebbe stato chiunque.

Al termine della scuola, le nostre strade si separarono, ognuno aveva un regno di cui doveva prendersi cura. Io dovevo badare al Regno delle Cornamuse, lui a Testicolandia ed entrambi avevamo ottimi propositi.

Con il tempo, il suo incarico cominciò a deviarlo dalla retta via, divenne assetato di potere e mentre lui si arricchiva sempre di più, il suo popolo diventava sempre più povero.

Il suo castello era situato in mezzo al verde, invece il resto del regno era dominato da cemento e fabbriche fumanti che ammalavano i poveri residenti, arricchendo le sue case farmaceutiche conosciute con il nome di Scrotopharma.

Per tormentare maggiormente i suoi sudditi, aveva dato vita a una miriade di call center, i quali chiamavano a qualsiasi ora del giorno per proporre l'acquisto di depuratori d'acqua o invitare le persone a investire in opzioni binarie. Il blocco per le chiamate indesiderate era severamente vietato.

Aveva inventato un apparecchio da utilizzare per addormentare le menti dei suoi sudditi, la scrotovisione. Per incoraggiarne le vendite, trasmise una campagna pubblicitaria scrotovisiva che si rivelò un autentico flop, poiché non aveva tenuto conto che ancora nessuno possedeva tale prodotto.

Per rimediare, fece una massiccia propaganda in radio, su giornali e affisse manifesti persuasivi in tutto il regno. Questa volta raggiunse il suo obiettivo, migliaia di persone rimbecillivano con film e programmi scrotovisivi. I notiziari erano deviati poiché a capo vi erano posti i suoi leccapiedi. In sostanza decideva lui le notizie da divulgare e quelle da omettere, creando capri espiatori per le sue malefatte.

Le famiglie presero l'abitudine di vedere due scrotogiornali consecutivi mentre pranzavano, la conseguenza fu che mangiavano incazzandosi come uno uno Sgarbi.

Non potevi sottrarti dall'ascoltare le notizie perché, anche se evitavi di guardare lo scrotogiornale, ti infilavano le notizie flash nel bel mezzo di un film o di un programma scrotovisivo utilizzando un volume più alto, in maniera tale che se volevi approfittarne per andare in bagno le avresti comunque sentite. Venne meno anche la possibilità di leggere una mail in santa pace, poiché le notizie erano riportate a tradimento anche lì.

Per addormentare le menti negli spazi aperti, aveva introdotto lo scrotophone. Individui di tutte le età erano chini su questo maledetto aggeggio che creava dipendenza con vari asocial network e giochini idioti. La dipendenza non era l'unico problema causato da questi oggetti infernali, non a caso una grande fetta della popolazione cominciò a soffrire di dolori alla cervicale e della sindrome del tunnel carpale, si osservò anche che la vendita degli occhiali aumentò in maniera esponenziale.

Scroto diffuse per il regno anche le sale per il gioco d'azzardo, dove i più disperati si giocavano grosse fette di stipendio nelle scrotomachines.

Diede disposizione alle banche di promuovere il pagamento a rate e le carte di credito. Le persone credettero che si trattasse di una comodità, ma ben presto si resero conto che erano costrette a lavorare per ripagare i propri debiti. Così incominciarono a essere perennemente preoccupati, sfogando il proprio malcontento in famiglia e con gli amici.

Un gruppo di ribelli cercò di opporsi all'oppressione, ma vennero rinchiusi in prigione senza affrontare alcun processo.

In pochi riuscirono a fuggire, e trovare rifugio presso la mia gente, prima che i soldati ebbero l'ordine di impedire qualsiasi via di fuga.

Scroto divenne uno dei tiranni più temuti dell'intero pianeta Piper. Si credeva invincibile e cominciò a pensare che i suoi famigliari, nonostante la famiglia vantava un glorioso passato, fossero inetti senza di lui, così li cacciò via con la forza tenendo per se tutte le loro ricchezze.

Temendo una vendetta, riempì il castello con un numero spropositato di leccapiedi guardie del corpo. Il nome del regno fu tramutato da Testicolandia in Scrotham City e lui da quel giorno non fu più semplicemente Scroto, ma divenne: L'ONNIPOTENTE SCROTO.

La sua ingordigia di potere non si placava, voleva sempre di più, sempre di più. Un giorno si ricordò del cornavorio e decise di impadronirsene con lo scopo di rimetterlo in funzione, iniziò a desiderarlo ardentemente, era cosciente che sarebbe stato il suo lasciapassare per il dominio dell'universo.

Un giorno, ricevetti inaspettatamente una sua visita. Mi resi conto della sua metamorfosi avvenuta negli anni e me ne rammaricai. Un tempo era un giovane molto promettente e dai sani principi, la sua dinastia si era sempre comportata in modo eccelso nei secoli e tra le nostre famiglie si era instaurato un rapporto collaborativo e corretto.

Faticai a riconoscerlo, non era più il ragazzo simpatico impresso nella mia memoria, a primo impatto si notava che la voglia di potere lo stava facendo marcire dall'interno.

Il fisico asciutto di un tempo era un pallido ricordo, ora era grasso e sudaticcio. Della folta chioma erano rimasti solo due lunghi ciuffi che usava come riporto e risistemava compulsivamente. Due enormi occhiaia facevano capolino sul suo volto, sopra di esse i suoi occhi, un tempo allegri e spensierati, erano densi di cupidigia. Sotto il mento era comparsa una pappagorgia immensa che ricordava proprio uno scroto, pensai che mai un nome fosse più azzeccato.

Gli chiesi a cosa dovevo il piacere di quella visita, mi rispose dicendo che aveva da propormi un affare importante a cui non avrei potuto dire di no.

Mi spiegò che il cornavorio poteva contenere tracce del DNA orinico, con un team di scienziati finanziati da lui, stava cercando il modo per renderlo utilizzabile e poter sfruttare appieno le magiche capacità. Quello che mi chiedeva era di consegnarglielo, in maniera tale da realizzare il suo desiderio.

Gli feci presente che non mi interessava, ma cercò di rassicurarmi dicendo che avremmo diviso a metà ogni conquista.

Gli riferii che il mio popolo valeva molto di più di terre lontane da possedere.

Provò ancora a persuadermi, ma lo bloccai invitandolo a recarsi all'uscita, i suoi occhi si infiammarono di ira.

Prima di andar via mi minacciò dicendo che non sarebbe finita così, promettendomi che avrei sentito presto parlare di lui, dopodiché per dispetto buttò giù i Lego dagli scaffali su cui erano minuziosamente sistemati e, come se non bastasse, li pestò con i suoi stivali. Anni di lavoro fu letteralmente fatto a pezzi.»

«Ahahahaha! Bella questa!», disse Sgabort divertito, pensando che fosse una battuta. I tre gli lanciarono un'occhiataccia corale.

«Le sue minacce mi diedero preoccupazione, ma il tempo passò e iniziai a pensare che fossero solo parole gettate al vento... Scusate un attimo ragazzi, dovrei andare un momentino in bagno. Attivo il narratore automatico così non spezzo la concentrazione.»

Tornato nel suo regno, Scroto radunò i suoi uomini, assegnando loro il compito di vagare per lo spazio, nelle zone in cui la presenza passata di Orino era documentata nei libri, per recuperare tracce del DNA. Ogni spedizione ebbe esito negativo.

Sempre più esasperato, si rinchiuse nella cameretta scrotale, dando ordine di non essere disturbato per nessun motivo che non riguardasse il DNA orinico. Ci rimase per diversi mesi in cerca di una soluzione.

Per svagare la sua mente, fece maratone su maratone di film trash, finché un giorno, mentre visionava il film capolavoro "L'uomo che sputava ai cavalli" del grande cineasta italo-statunitense Archibald Letame, una lampadina accese un'immagine nella sua mente e le sue labbra pronunciarono: "la sputacchiera".

La soluzione era molto più vicina di quanto pensasse, non si trovava a pianeti di distanza, ma nel castello ed esattamente nel cimitero di famiglia, la cosiddetta necropoli testicolare.

Si ricordò di quando era piccolo e suo nonno, il valoroso Edward Testiculum II, per gli amici Testy, gli raccontava di quando il dio Orino gli donò il Sacro Graal.

In realtà, i fatti non andarono proprio così. A quei tempi il dio Orino era in tournée presso i vari pianeti da lui creati, giunto sul pianeta Piper, fu ospite presso Testicolandia.

Orino tenne un discorso memorabile al pianeta. Nel suo ragionamento illustrò la tecnica di come non farla fuori dal vaso, condannò quei luoghi dove bisognava pagare per poter fare i propri bisogni, costringendo le persone a scegliere se dover far pipì o bere un caffè in un bar con il bagno fuori servizio, infine criticò aspramente le toilette alla turca, denunciando la loro scomodità nella seduta e l'impossibilità nel centrare il foro con le feci. Quando alla fine esclamò, «la toilette alla turca è una cagata pazzesca!», la folla andò in visibilio applaudendo per novantadue minuti.

Rientrato nel castello, Orino si recò nella stanza degli ospiti per terminare la lettura di Don Pisciotto. Mentre era concentrato nella lettura, entrò il re per fargli visita. Il sovrano gli donò la conchiglia di platino forgiata per l'occasione.

Orino colto alla sprovvista, non avendo portato nulla da offrire in cambio, prese la sua sputacchiera personale, che fu il primo oggetto capitatogli tra le mani, e la donò al re, inventando di sana pianta che quello era il Sacro Graal, ovvero il contenitore dove aveva orinato per la prima volta.
I due si dettero una calorosa stretta di mano, dopo che Orino decantò la bellezza e la comodità dei bagni reali, si congedarono.
Arrivò il giorno della partenza e tutti erano tristi. Il morale fu ristabilito quando Orino indossò la conchiglia di platino poggiandola sulla bocca pensando che fosse una mascherina antipolvere. Tutti credettero che si trattasse di una burla, ma Orino non aveva compreso realmente come utilizzarla.
Prima di dirigersi alla sua navicella spaziale, chiese al re se per caso qualcuno avesse trovato una cornamusa fatta di avorio. La risposta fu negativa.
Per ironia della sorte, il Regno delle Cornamuse arrivò secondo al concorso "Un regno per Orino", se fosse giunto primo, Orino avrebbe ritrovato il cornavorio e a quest'ora l'universo non sarebbe stato in pericolo.
Il re non si separò mai da quello che considerava il Sacro Graal, sfoggiandolo in tutte le ricorrenze. Si narra che sua moglie una notte lo trovò a letto abbracciato alla sputacchiera mentre limonava con essa.
Quando re Testiculum II scrisse il testamento, diede disposizione di inserire nella sua bara il dono di Orino. Diversi anni dopo furono eseguite le sue volontà.

Scroto corse fuori dalla sua stanza urlando, «a me una vanga!», trascorse tutta la notte a scavare e quando la bara fu aperta, la fatica venne premiata. Dovette lottare con le mani di suo nonno che sembrava non volersi separare dal dono di Orino, alla fine Scroto ebbe la meglio.
Diede l'allarme per svegliare i suoi scienziati, in maniera

tale che questi lo potessero raggiungere in laboratorio. Questa volta la meta era vicina.
L'equipe di scienziati, riuscì nell'intento di estrapolare il DNA dalla saliva, non riuscendo tuttavia a trovare un modo per utilizzarlo.
Scroto perse la pazienza, prepotentemente si diresse verso il tavolo da laboratorio, aspirò il DNA con una siringa e, nonostante il parere contrario degli scienziati, se lo iniettò direttamente nelle vene. Intorno a lui si creò un forte spostamento d'aria che frantumò gli oggetti circostanti.
Ora restava da fare l'ultima cosa, impossessarsi della cornamusa orinica, dopodiché l'universo sarebbe stato suo.

Re Dingo tornò, si passò il palmo destro sulla bocca e si dette dei colpetti per ripulire la barba, «ragazzi, visto che sono entrato in casa, ne ho approfittato per farmi uno stuzzichino, gradivate qualcosa anche voi?»
I tre fecero un cenno di diniego, fingendo di essere ancora sazi.
Il re spense il narratore automatico, sentenziò, «bella invenzione!», dopodiché continuò la sua storia.
«Una mattina, mentre compievamo le classiche faccende giornaliere, siamo stati avvolti da un rumore assordante, era Scroto con le sue forze armate.
Era tornato proprio come aveva promesso e questa volta faceva sul serio. Fummo colti alla sprovvista e non avevo la più pallida idea di come uscire da quella situazione.
Si avvicinò minaccioso chiedendomi di consegnargli il cornavorio, altrimenti sarebbe stata la fine per il mio regno.
Avrei potuto accontentarlo, confidando nella sua clemenza, ma abbandonai immediatamente quell'idea. Non feci in tempo a comunicargli il mio rifiuto che uno scagnozzo si avvicinò suggerendogli qualcosa sottovoce. Scroto sbuffando guardò l'orologio e ci comunicò di essere in ritardo per

il giro-pizza. Non aveva voglia di attendere altri sette giorni. Sarebbe ritornato l'indomani mattina, probabilmente l'orario avrebbe coinciso con la fine della digestione.

Diede disposizione ai suoi uomini di tener sotto stretta sorveglianza la popolazione. Fece arrestare me e Temistocle rinchiudendoci nelle prigioni del castello, ci accompagnò direttamente lui per essere sicuro che non tentassimo una fuga.

Dopo aver chiuso la cella, consegnò la chiave a un suo uomo raccomandandosi di tenere gli occhi ben aperti, dopodiché gridò, «allo scrotocottero!»

In cella cominciai a piangere, incurante del secondino che si burlava di me. Non vedendo una via di fuga, temevo per il mio popolo e per la mia famiglia. Là fuori c'erano mia moglie e mia figlia, mi rattristai per non poter far nulla per loro, sentivo di averle abbandonate. Per fortuna c'era Temistocle a darmi coraggio.

Giunse il buio, il secondino aldilà delle sbarre si era addormentato. Mentre io ero tormentato dai cattivi pensieri e Temistocle stava lavorando a maglia un cappello da notte, avvenne il miracolo.

Vidi un mazzo di chiavi fluttuare nell'aria, pensai di essere vittima delle allucinazioni, ma poi mi accorsi di un ronzio, capii che Pepito era venuto a liberarci riuscendo a sfilare le chiavi dal secondino. La nostra salvezza era vicina. Non avrebbero mai potuto pensare che una cimice si potesse beffare di loro.»

«Gli stolti non avevano mai sentito parlare di Pepito e delle sue prodezze», replicò orgogliosamente la cimice, mettendo in mostra bicipiti inesistenti.

«Assalimmo il nostro guardiano ospite del mondo dei sogni. Dopo averlo legato e imbavagliato con lo spago di Temistocle, lo rinchiudemmo nella nostra ex cella. Adesso eravamo noi a burlarci di lui mostrandogli le natiche.

Proseguimmo silenziosamente, gli uomini di Scroto dormivano tutti. Ci rendemmo conto che non erano affatto degli strateghi.

Il castello era dotato di una via di fuga segreta sotterranea. Prima di recarci, feci un salto nel ripostiglio reale per recuperare il cornavorio. Giunto lì pensai che sarebbe stato una zavorra ingombrante per la fuga, così staccai la canna sonora. Agendo in tal modo, anche se Scroto si fosse impossessato dell'oggetto dei suoi desideri, non essendo integro sarebbe stato inutilizzabile. Vidi i miei pupazzetti e non nascondo che dovetti trattenere le lacrime.»

Pepito alzò gli occhi al cielo e sospirando pensò, "questa pappamolla non ha nemmeno un briciolo del mio coraggio."

«Ci dirigemmo verso l'uscita segreta, la botola fu sollevata e quando la richiudemmo, fui io a essere sollevato.

Lì sotto era buio pesto, chiesi a Pepito di attivare la funzione torcia, ma Temistocle mi fece presente, tra le imprecazioni di Pepito, che non era una lucciola bensì una cimice.

La strada nell'oscurità era impraticabile, bisognava trovare subito una soluzione. Così mi feci venire un'idea, mi si accese una lampadina che illuminò il tunnel, riuscendo a condurci all'uscita dove ci attendeva una barca, più che una barca era una zattera, ma sarei fuggito anche a nuoto se ce ne fosse stato bisogno.

Il regno scomparve dalla vista, immaginai la reazione di Scroto nello scoprire la nostra fuga. L'entusiasmo per quel pensiero si spense appena pensai al destino a cui andava incontro il mio popolo.

Quando fummo lontani, scorgemmo una terra all'orizzonte, decidemmo di sbarcare su di essa e così approdammo su un suolo ignoto.

Fummo accolti da un cartello recante la scritta, "Benvenuti nella Terra dei Mufloni". Quel nome lo avevo già sentito, mi sembrava di aver letto qualcosa a riguardo in qual-

che antica pergamena.
Ci ritrovammo a percorrere un bosco che battezzammo, "Bosco delle Bizzarre Creature".»

In quel bosco, tante decadi fa, aveva sede lo studio del Professor Otto Ciamb, il famoso inventore delle temute domande nei colloqui di lavoro: "Se fossi un oggetto quale vorresti essere?" e "dove si vede tra cinque anni?", nonché inventore della dieta dei dieci kg in un giorno, conosciuta anche come la dieta a pezzi, ovvero veniva amputata una parte del corpo per arrivare al peso desiderato.
Arrivato alla pensione, per placare la noia, il professor Ciamb si sbizzarriva a creare creature improponibili facendo strani incroci.

«Grazie per il chiarimento... Una volta fuori dal bosco, camminammo per circa altri 50 chilometri. Finalmente in lontananza scorgemmo delle abitazioni, ma una volta raggiunte, trovammo solo case inabitate.
Temistocle mi raccontò che questo luogo un tempo era pieno di Mufloni e l'economia si basava quasi totalmente sulla loro pastorizia. Con il tempo, queste adorabili creature dimenticarono come accoppiarsi arrivando quasi alla completa estinzione. I pochi abitanti del luogo furono costretti a cercare fortuna altrove.»
«Stupide bestie!», disse Pepito con un sorriso beffardo stampato sul volto.
«Dopo esserci accertati che non vi abitasse nessuno, scegliemmo le nostre abitazioni. Sono cinque anni che viviamo qui. Questo è tutto. Inizia a far freschetto e sta giungendo la sera, rientro in casa per prepararmi la cena.». Il re si alzò per recarsi nell'abitazione.
«Aspetta un momento», disse Sgabort deluso, «Io cosa c'entro in questa storia?»
«Scusami, hai ragione», rispose il re stiracchiandosi, «se

non lo hai ancora capito, sei discendente diretto di Orino, ti spiegherà tutto Temistocle.». Si incamminò verso casa.

«Certo che il re ha proprio il dono della sintesi», disse con sarcasmo Sgabort, «mi ha raccontato tutto tranne la parte che mi interessa di più, inoltre avevo già capito di chi sono discendente», concluse lamentandosi.

Ritornarono alla loro abitazione dove Temistocle preparò un'ottima cenetta. Sgabort divorò voracemente il pasto, voleva scoprire il suo ruolo nell'intera faccenda.

Terminata la cena, giunse Temistocle con in mano un'antica pergamena rovinata dal tempo, si sedette raccontando, «questa pergamena apparteneva alla mia cara nonnina che era la veggente del regno, la scrisse subito dopo aver fatto un sogno che considerò premonitore.». Si sistemò gli occhiali, srotolò la pergamena e incominciò a leggere, «peperoni, limoni, fagi... Scusate ho sbagliato lato», si interruppe e girò la pergamena.

«Oggi il nostro regno vive in pace e tranquillità, ma arriverà un giorno in cui un tiranno di un paese non tanto lontano, e attualmente amico del nostro popolo, vorrà mettere le mani sul cornavorio per alimentare la sua fame di potere. La nostra gente conoscerà un periodo buio, ma non tutto sarà perduto poiché il re riuscirà a fuggire trovando colui che ci libererà. Costui giungerà dal pianeta Terra e comparirà nei boschi posti a nord-ovest nella Terra dei Mufloni, la notte del giorno centocinquantadue dell'anno 1957. Probabilmente l'aspetto vi ingannerà, data la brutale bruttezza, ma nelle sue vene scorre il sangue di Orino poiché egli è inconsapevolmente suo discendente. Quando suonerà il cornavorio, il tormento avrà fine.»

Temistocle riavvolse la pergamena e disse, «ho consultato decine di libri per scoprire se Orino fosse stato sul pianeta Terra, ma non ho trovato niente di rilevante.

Ho studiato il suo albero genealogico, controllando attentamente se qualcuno dei suoi discendenti avesse avuto a che fare con il tuo pianeta. L'unico che lo ha visitato, circa tre secoli fa, è un pronipote di Orino il cui nome è Larry Durex, un playboy spaziale che vagava, e vaga tutt'ora, tra i pianeti alla ricerca di fanciulle con cui accoppiarsi da inserire nel suo taccuino sotto la voce, "collezione di flirt spaziali". Se la pergamena dicesse il vero, potrebbe trattarsi di un tuo antenato.»

«Oppure io potrei essere un suo discendente», disse Sgabort con un invidiabile acutezza mentale.

«Già, oppure tu potresti essere un suo discendente», rispose Temistocle rassegnato. Poi pensò, "questo sarebbe il nostro salvatore. Che Orino ce la mandi buona."

«Pazzesco!», esclamò Sgabort, «tua nonna è riuscita a dire in poche righe quello che il re ha raccontato in mezza giornata, non tralasciando nemmeno il mio ruolo, inoltre che fortuna avete avuto nello sbarcare proprio nella Terra dei Mufloni.». Si fermò un attimo a ragionare, «scusate, ma se sapevate già che sarebbe successo tutto questo, perché non lo avete prevenuto?»

«In effetti», lo assecondò Pepito, «non ci avevo mai pensato.»

«A volte bisogna lasciare che gli eventi seguano il proprio corso», rispose Temistocle sapientemente e indicandosi la tempia destra con l'indice che roteava aggiunse, «e poi nonna Pericla aveva qualche rotella fuori posto, non avevamo dato il giusto peso alle sue parole. Come avremmo potuto prendere seriamente una signora che andava in giro con le mutande in testa, credendo che fossero un copricapo, e metteva la maionese nel caffellatte al posto dello zucchero?»

«Non oso immaginare cosa usasse come carta igienica», commentò sottovoce Pepito seguito dalla risata di Sgabort.

«Andateci piano, è pur sempre mia nonna», rispose Temistocle infastidito.

«Come sono arrivato sin qui?», chiese Sgabort, «tu che sei

così dotto, conosci la risposta?»

«Certo che so risponderti. Quando si immagina un luogo prima di addormentarsi e in quel luogo, nel medesimo istante, un fulmine colpisce accidentalmente le feci espulse da qualcuno o da qualche animale, si crea quel fenomeno chiamato teletrasporto involontario o in gergo teletrasporto fecale. In pratica, l'anima di colui che immagina viene risucchiata per dar vita all'escremento.

Devi sapere, che l'essenza dell'individuo teletrasportato rimane invariata, nonostante il corpo sia diverso e il cervello abbia una capacità intellettiva ridotta, in genere nel giro di qualche giorno l'intelligenza torna alla normalità. Mi dispiace per il tuo aspetto, anche se vestito così hai un tuo perché.

Potresti pensare che casi come il tuo ce ne siano uno su un miliardo, ma posso assicurarti che capita molto più spesso di quanto tu possa credere.»

«Ma io prima di addormentarmi ho immaginato il Regno delle Cornamuse, non questa terra.»

«Il detto dice, se nel posto da te immaginato in quel momento nessuno avrà defecato, nel paese più vicino sarai teletrasportato.»

«Bella forzatura di trama! Ma il mio corpo che fine ha fatto? È morto?»

«Sta' tranquillo, non è morto. Diciamo che è in modalità pilota automatico.»

«Come sarebbe a dire in modalità pilota automatico?»

«Ti è mai capitato di trovarti in un centro commerciale e vedere persone che sembrano sperdute, che sembrano non sapere perché sono là e cosa devono fare, vagando all'interno dei negozi con la bocca aperta e gli occhi smorti?»

Sgabort annuì, «io li chiamo zombiezzati.»

«Probabilmente quelle persone hanno il pilota automatico attivato.»

«Allora avevi ragione, il teletrasporto fecale avviene più

volte di quanto pensassi. Non posso crederci, il mio corpo è diventato uno di loro», Sgabort abbassò lo sguardo deluso, rialzando gli occhi chiese, «ma se io sono rimasto un uomo, come mai Pepito è diventato una cimice?»

Si voltarono verso Pepito accorgendosi che si era addormentato, Temistocle a bassa voce disse, «un giorno se avrà voglia te lo racconterà, adesso andiamo a dormire, troppe chiacchiere mi hanno fatto venir sonno.». Indossò il kilt da notte e si diresse nella sua camera saltellando.

Sgabort sollevò delicatamente Pepito, lo posò sul davanzale, dopodiché lo coprì con una copertina.

Cercando di addormentarsi, Sgabort ripensò alla missione che doveva portare a temine e crebbe in lui la paura di non farcela.

Riflettendo sulle parole di Temistocle, si immaginò in un posto pieno di belle sventole che gareggiavano tra di loro per decidere chi dovesse passare la notte assieme a lui, magari in un bel concorso di miss maglietta bagnata, sperando che qualcuna di esse faccia la cacca in un prato durante un temp... Sgabort crollò dal sonno.

Quella notte la magia non avvenne e il suo harem immaginario si sbriciolò. Al mattino non trovò delle prosperose fanciulle, ma uscito di casa c'erano ad attenderlo due uomini barbuti e una cimice tabagista che fumava come una ciminiera.

Sgabort pensò, "magari il termine cimice deriva da ciminiera. Mmmm... o viceversa... o magari entrambe le cose."

Mentre Pepito si dedicava alla pesca del plancton, Re Dingo e Temistocle discutevano sul fatto di mandare subito Sgabort in missione. Il Re asseriva di farlo partire al più presto poiché non c'era più tempo da perdere, invece Temistocle sosteneva che sarebbe stato più saggio addestrarlo prima di farlo partire, avrebbero impiegato più tempo, ma ci sarebbero state maggiori probabilità di riuscita.

Dopo ore di indecisioni, Pepito urlò, «avete rotto le antenne! Dagliela vinta a Temistocle che non ho più voglia di sentirvi starnazzare!»

Il re trovandosi alle strette cedette.

Accortosi della presenza di Sgabort, il re chiese, «Ragazzo, sai andare a cavallo?»

«No, maestà.»

«Sai combattere con una spada?»

«No, maestà.»

«Sei abile nel combattimento corpo a corpo?»

«No, maestà, nonostante sia un patito di wrestling.»

"che diavolo è il wrestling?", pensò il re. Infine, sempre più scoraggiato, chiese, «Esiste qualcosa che tu sappia fare?»

«Certo!», rispose Pepito, «sono abile a fare lo spelling del mio nome e inserirlo in un contesto, ma la mia vera abilità è suonare la cornamusa.»

Il re prese una cornamusa sbucata dal nulla e gliela lanciò dicendo, «facci sentire cosa sai fare ragazzo!»

Così Sgabort suonò "It's longway to the top (if you wanna rock'n'roll)" degli AC/DC, Pepito lo accompagnò esibendosi in un air guitar impeccabile. Nonostante le attuali dita di Sgabort fossero tozze, il risultato fu eccellente.

«Niente male, niente male», disse il re mentre ballava a ritmo di rock, «prenditi il resto della giornata per rilassarti, domattina dovrai svegliarti all'alba, avrà inizio l'addestramento.»

Il re non ebbe neanche il tempo di terminare la frase che Sgabort si era già tuffato in acqua, atterrando sul cigno che si era appena ripreso dallo shock di qualche giorno prima e che lo maledisse in cignesco.

Sgabort amava immergersi in acqua, non era un abile nuotatore, ma in compenso era bravo a fare il morto a galla, mentre si esibiva in questa disciplina, si addormentò rischiando di finire alla deriva. Fortunatamente fu svegliato da Pepito che corse da lui alla ricerca di protezione, nell'intento di sfuggire da una mantide religiosa che lo trovava succulento.

Sgabort passò il resto del pomeriggio a suonare la cornamusa, accompagnato dai rumori della natura e dal russare di Pepito, sfinito dalla stanchezza dopo la fuga da una mantide devota alla religione del mangiare.

Il suono della cornamusa cessò quando gli occhi di Sgabort furono rapiti dalla bellezza del tramonto. La stella Galileo si specchiava nel fiume rivelando uno splendore mozzafiato, rossa come una donna timida che riceve complimenti per la sua bellezza.

Suppose che il giorno precedente non fece caso a quello spettacolo per concentrarsi sul racconto del re. Ma la verità era un'altra e lui lo sapeva bene, sulla terra era diventato insensibile alle bellezze delle piccole cose, una vita passata a correre e lavorare a volte atrofizza la parte romantica del cervello. Potremmo passare la nostra vita cercando di essere felici e contemplare la natura, invece... ma questa è un'altra storia.

Giunse l'alba dell'indomani e, mentre il re dormiva ancora sul materasso vendutogli da Sir Giorgio Mastrota, i nostri tre amici uscirono di casa per iniziare l'addestramento.

Sgabort non riusciva a tenere gli occhi aperti per via delle secrezioni lacrimali notturne, inoltre la bocca impastata gli impediva di parlare in maniera comprensiva.

Tremando dal freddo, Temistocle disse, «è stata una pessima trovata svegliarsi all'alba, proporrei di tornare al calduccio a dormire.». Ritornarono in casa.

Circa 5 ore dopo si ritrovarono fuori freschi e riposati, Sgabort era pronto per allenarsi.

Temistocle esclamò, «ora si va a cavallo!»

Mentre Sgabort si guardava intorno per individuare dove fosse l'equino, il saggio gli saltò in groppa e il povero mal-

capitato si ritrovò sulle spalle un peso di oltre un quintale.
Sgabort contrariato disse, «ma non dovrei essere io a imparare ad andare a cavallo?»
«Trotta somaro trotta, così ti rinforzi la schiena», rispose Temistocle e agitando la spada ordinò, «portami dal re! Di corsa!»
Sgabort in prossimità della meta, a causa di uno sforzo sovrumano, iniziò a rallentare pensando di mollare, Pepito per incoraggialo lo supportava incitandolo, «non mollare! Non mollare! Puoi farcela! Ancora un passo! Ancora uno! Non fa male! Non fa male!»
Giunto a destinazione, Sgabort era sfinito, ma provò un attimo di sollievo nel pensare che presto Temistocle sarebbe sceso dalla sua schiena e lui sarebbe tornato in posizione eretta.
Il saggio a sorpresa esclamò, «adesso riportami indietro!». Sgabort suo malgrado eseguì.
Ritornato con i piedi per terra, Temitocle disse, «Vedo che hai una buona resistenza, meriti proprio una ricompensa», mise delle piccole carote nel palmo destro della sua enorme mano e Sgabort si chinò per mangiarle.
«Che idiota, adesso crede di essere un cavallo», commentò Pepito.
Il re si unì a loro, portava con se una gallina al guinzaglio che consegnò a Temistocle.
«Finalmente si mangia!», disse Sgabort rinvigorito dalla visione di essa. Immaginò le sue cosce nel piatto accompagnate da patate arrosto e cipolle rosse, "che acquolina", pensò passandosi la lingua sulle labbra.
Temistocle lo riportò subito alla realtà, «non è da mangiare, ti serve per dare velocità alle gambe», poggiando la gallina per terra, ordinò, «acchiappalo!». Sgabort si ritrovò a essere rincorso.
«Guardate! Un pollo inseguito da un pollo», urlò Pepito divertito.

Lo rincorse per diversi chilometri, cercando di prenderlo a beccate sui polpacci, Sgabort si gettò in acqua in cerca di salvezza, ma non aveva fatto i conti con la nostra gallina, si trattava della famosa campionessa di nuoto Galina Nuotatova, vincitrice di dodici medaglie d'oro nelle ultime tre polliadi.

Sgabort si ritrovò inseguito in acqua sia dalla gallina sia da un cigno con sete di vendetta, unitosi all'inseguimento appena lo riconobbe. Ritornato sulla terra ferma, si arrampicò su un abete per mettersi in salvo.

«Può bastare per oggi», disse il re prendendo in braccio la gallina, la quale ringhiava guardando Sgabort scendere dall'albero.

Giunto per terra, Sgabort stramazzò al suolo stremato e bagnato, «Credo che mollerò», disse ansante mentre cercava di rimettersi in piedi.

«Cambierai idea, in genere il primo giorno è sempre il più duro», cercò di persuaderlo il re.

«No, maestà. Ho deciso. Il mio fisico non regge questi sforzi. Stanotte prima di dormire mi immaginerò un nuovo mondo, sperando che avvenga un teletrasporto fecale.»

Re Dingo prese una foto dal suo portafogli e con le lacrime agli occhi iniziò a frignare, dicendo, «la mia bambina, la mia bambina, adesso chi salverà la mia bambina?»

La foto saltò subito agli occhi del ragazzo che notò il meraviglioso viso della principessa, era incantevole e i suoi lunghi capelli castani erano il giusto contorno per quel volto angelico.

Sgabort chiuse gli occhi immaginando di baciarla teneramente sulle labbra dopo averla stretta forte a se. Quelle sensazioni gli parvero reali, si era innamorato semplicemente guardando una foto. L'amore a volte opera in modi misteriosi.

"Deve aver preso dalla mamma", pensò mentre nella sua mente prendeva vita un menage a trois con la regina senza volto e la principessa, ma per rispetto a Re Dingo scacciò subito quell'immagine, "Il triangolo no, non va considerato, almeno non in questa occasione", disse tra se e se.

«Questa sarebbe tua figlia?», chiese Sgabort strappandogli la foto dalle mani.

«Si, è la mia Bambina.»

«Come si chiama?»

«Te lo ho appena detto, Bambina.»

«Come chi la salva? Ci penserò io a salvarla. Sono o non sono il discendente divino?»

Sgabort si era talmente ringalluzzito che adesso la gallina provava una cotta per lui.

«Ma hai appena detto che avresti mollato?», chiese il re asciugandosi le lacrime e soffiandosi il naso.

«Ho solo avuto un momento di sconforto, vedrai che abbraccerai presto la tua figliola», sottovoce maliziosamente aggiunse, "oh si, eccome se la abbracceremo."

Per dimostrare al re che non scherzava, si esibì facendo una serie di cento flessioni con Temistocle sulla schiena. È proprio vero che tira più un pel di f... , ci siam capiti.

«Stasera per festeggiare, tutti a cena da me!», annunciò il re felice.

«Dannato Sgabort, questa me la pagherai!», disse tra i denti Pepito.

Il secondo giorno di allenamenti prevedeva l'utilizzo della spada.

Temistocle portò con se due spade di legno realizzate durante la notte, ne lanciò una a Sgabort, dicendo con tono di sfida, «vediamo cosa sai fare!»

L'incontrò duro il tempo di uno sbadiglio, Sgabort fu disarmato da un colpo secco del saggio ritrovandosi con le spalle al muro.

Pepito che svolse il ruolo di arbitro, decretò la vittoria di Temistocle.

«Hai molto da migliorare, se combatti contro Scroto in questa maniera è la fine», commentò il saggio pensieroso.
«Ma non si potrebbe usare un'arma tipo una pistola, un mitra o un bazooka?», chiese Sgabort.
«No, fortunatamente quel genere di armi nel nostro regno non funzionano. Non se ne conosce il motivo, ma è meglio così. Passerai l'intera giornata ad allenarti, mentre io, Pepito e il re ti osserveremo durante la nostra manicure. Usa quell'albero per allenarti», con sguardo malizioso indicò un enorme baobab.
Sgabort si avvicinò al baobab colpendolo con la spada legnosa. Mentre immaginava di sconfiggere Scroto, ricevendo Bambina come ricompensa, i suoi colpi divennero sempre più intensi, finché a un certo punto il baobab perse la pazienza e iniziò a prenderlo a calci nel deretano.
Quando il re giunse con il suo set di manicure, osservò la scena domandando, «perché diavolo lo avete mandato a esercitarsi con il baobab incazzoso? Lo sapete che perde la calma facilmente.»
«Pensavo sarebbe servita come lezione per aumentare la sua attenzione, maestà. Chi si aspetterebbe mai che un albero possa reagire?», rispose Temistocle.
«Inoltre tutti quei calci tonificheranno i suoi flaccidi glutei», lo assecondò Pepito trattenendo una risata.
«Bravi!», sentenziò il re.
In realtà, volevano vendicarsi della cena indigeribile mangiata il giorno precedente, la quale fu causa di incubi notturni.
Sgabort continuò gli allenamenti contro l'aria, avversario ben più innocuo di quello precedente, immaginando la sua versione di Scroto davanti a lui.
Gli allenamenti terminarono con una sessione di corsa, una di addominali e una di sollevamento pesi. Si unì a lui anche Pepito, negli ultimi tempi aveva messo su un po' di pancetta ed era giunta l'ora di tornare in forma per la pro-

va bikini.

Il giorno seguente, al suo risveglio Sgabort non trovò nessuno, così si diresse all'abitazione del re. Li trovò sull'uscio con le canne da pesca.

«Che bello! Si va a pesca oggi?», chiese entusiasta.

L'entusiasmo fu smorzato quando il re rispose, «noi andiamo a pesca», indicando un pennello e un secchio di vernice, disse, «tu resterai qui, avrai tanto da fare. Dovrai ridipingermi la casa sia all'esterno che all'interno, passare la cera sul pavimento, innaffiare l'orto, pulire il camino, spolverare i mobili, sistemare la cantina e portare in giro la gallina a fare i bisognini. Sulla tavola troverai il pranzo che ti ho preparato con le mie manine», quello fu il colpo di grazia finale.

Sgabort cercò di protestare, ma fu prontamente ammonito da Temistocle, «fallo e basta!»

«Ci vediamo Cenerentolo», disse Pepito passandogli davanti al viso, volando con un sorriso beffardo dipinto sul volto.

Rimasto solo e amareggiato, Sgabort non poté fare altro che svolgere i compiti assegnati. Sgobbò come un mulo.

Ormai era sera, mentre portava la gallina al guinzaglio, udì le voci e le risate dei tre che rincasavano.

Si precipitò rapidamente da loro e inveì dicendo, «sono stanco di farvi da schiavo. Sono stato qui tutto il giorno a spaccarmi la schiena mentre voi eravate a divertirvi. Cosa ho imparato oggi? Niente, assolutamente niente. Ho corso anche il rischio di rimanere incastrato in quel maledetto camino, mi sono lussato una spalla nel tentativo di liberarmi. Non voglio più saperne di questa storia, vado via.»

Si incamminò tenendosi la spalla dolorante.

«Sgabort San. Sgabort San. Torna indietro», disse Temistocle.

Sgabort eseguì avvilito. Temistocle si sputò sulle mani, le

sfregò tra di loro, chiese quale fosse la spalla dolorante e gliele poggiò sulla spalla destra. Il dolore passò all'istante.

«Hai detto che non hai imparato niente oggi. Ti sbagli, ragazzo.». Sferrò un pugno che fu parato abilmente da Sgabort.

Gli spiegò che passare la cera gli serviva per parare i colpi laterali, mentre dipingere per difendersi dai colpi alti e bassi.

«Ma tutte le altre faccende svolte a cosa son servite?»

«La casa aveva bisogno di una sistematina e visto che ti trovavi...», rispose il re imbarazzato, «adesso entriamo in casa, questo pesce non si cucinerà da solo.»

«Resterò solo a patto che sia Temistocle a cucinare.»

Il re a malincuore accettò. Pepito tirò un sospiro di sollievo, perdonandogli una volta per tutte l'orrenda cena di qualche giorno prima.

«Mi raccomando indossate le pattine prima di entrare in casa che ho appena dato la cera e per favore indossate anche queste cuffie per la testa, non voglio ritrovarmi con capelli che svolazzano in giro per casa», concluse Sgabort.

I giorni proseguirono e gli allenamenti divennero sempre più intensi, Sgabort divenne più agile e forte. Giorno dopo giorno riacquistava l'intelligenza terrena, arricchendola con nuovi insegnamenti. Rimase panciuto, ma sotto quella pancia c'erano muscoli pronti a sostenere una dura battaglia.

«Oggi è l'ultimo giorno di allenamento, vediamo di che pasta sei fatto», disse il re mentre gli lanciava una spada.

Pepito diede inizio al confronto. Inizialmente sembrò che il re prendesse il sopravvento, ma poi il match venne riequilibrato, al quarto round Sgabort fu addirittura vicinissimo alla vittoria. Terminato il sesto round, i due erano nei propri angoli a riprendere fiato in attesa dell'ultima ripresa.

Temistocle passò saltellando, mostrando il cartello con la scritta round 7. I due si ritrovarono a combattere.

Il re era affaticato, la tecnica di Sgabort di farlo stremare per poi attaccarlo all'ultima ripresa stava dando i suoi frutti. Il ragazzo schivò un colpo e, con la velocità di un felino zoppo, si ritrovò alle spalle del re puntandogli la punta della spada dietro la schiena al centro delle scapole. Il re esausto, gettò la spada accasciandosi.

Sgabort aveva vinto. Per la gioia urlò, «BAMBINAAA!!!», poi corse su una scalinata immaginaria rimanendo fermo sul posto.

«Sbaglio o ha appena pronunciato il nome di mia figlia?», chiese il re, rivolgendosi a Pepito e Temistocle.

«A me pare di aver sentito panchina, magari vuol sedersi per la stanchezza», rispose Temistocle, «sarà lo shock per la sconfitta a crearti delle allucinazioni auditive.»

«Anche io ho sentito panchina», fece eco Pepito sogghignando.

«Avrà anche detto panchina, ma per essere stanco ha ancora un sacco di energie», disse il re rialzandosi da terra. Mentre si spolverava aggiunse, «l'addestramento può considerarsi concluso. Abbiamo fatto un ottimo lavoro. Ci vediamo domattina, adesso io e Temistocle andiamo a mettere a punto i dettagli per il piano di azione.»

La notte trascorse. Il mattino successivo si ritrovarono nell'abitazione reale, dove Temistocle li attendeva accanto a una lavagna sulla quale era disegnata una mappa, pronto a descrivere a Sgabort il piano elaborato con l'ausilio di re Dingo.

Sgabort e Pepito si sedettero, mentre Temistocle e il re rimasero vicini alla lavagna per illustrare il da farsi. Il saggio prese una bacchetta e indicando la lavagna iniziò a spiegare, «domani partirete solo voi due, io e il re resteremo qui perché in caso di insuccesso dovremmo elaborare un piano di riserva. Sono sicuro che riuscirete a portare a termine la missione, ma la situazione è delicata e bisogna essere cauti.».

«mmmmmm, crauti», disse sottovoce Sgabort, mentre il suo stomaco brontolava per l'assenza di colazione.

«Sta' zitto idiota! Non è il momento di pensare al cibo», lo rimproverò Pepito con tono severo.

«Partirete intorno a mezzogiorno», continuò Temistocle, «percorrerete a piedi circa cinquanta chilometri. Arriverete nel Bosco delle Bizzarre Creature dove trascorrerete la notte.»

«No! Il Bosco delle Bizzarre Creature no!», esclamò Pepito grattandosi istintivamente il basso ventre.

«Là potrete riposarvi e rifocillarvi con l'abbondanza di frutti e bere acqua dal fiume incontaminato. Al mattino dovrete ripartire, se avrete fortuna troverete la vecchia zattera, sperando che sia in ottime condizioni, altrimenti vi toccherà costruirne una nuova.

Proseguirete in mare verso sud-ovest, puntando verso l'Isola del Faro a Pedali. La mattina ci sarà bel tempo e non dovreste avere grossi problemi, quello che mi preoccupa sono le ore notturne, ore in cui il mare diventa indomabile.

Approdati sull'isola, fatevi condurre dal governatore Isidorco il Lunatico e ditegli che vi mandiamo noi. Il suo carattere potrà crearvi qualche disagio, ma è un nostro caro amico e non farà opposizione nell'ospitarvi, se sarete fortunati vi darà una barca migliore.

Ripartirete dirigendovi verso Nord attraversando il Mare dei Dugonghi Canterini, è il tratto più lungo da affrontare.

Arrivati al Regno delle Cornamuse comincerà la missione vera e propria, dovrete fare affidamento sulle vostre forze e sul vostro intelletto.

Sicuramente il perimetro del castello sarà controllato a vista, trovare un modo per entrare all'interno sarà un'impresa difficile, ma confidiamo nell'aiuto degli abitanti.

Una volta all'interno del regno, dovrete riuscire a infiltrarvi nel castello e avere la meglio su Scroto.»

«Ricordo che era un abile spadaccino e non sarà un avversario facile da battere», aggiunse il re, «però, grazie all'allenamento, abbiamo aumentato le probabilità di vittoria.»

Temistocle riprese la parola, «una volta che Scroto sarà fuori gioco, non resta che accedere al ripostiglio reale, rimontare la canna sonora al cornavorio e suonare. E che Orino ce la mandi buona. Ci sono domande?».

«Io ne avrei una», disse Sgabort, «non sarebbe più semplice addentrarsi direttamente dall'uscita segreta? Facendo così ci ritroveremmo direttamente nel castello e ci resterebbe solo da raggiungere il ripostiglio.»

«Certo sarebbe la soluzione migliore, purtroppo è solo una via di fuga e non da la possibilità di entrare. Quel dannato architetto l'ha progettata con i piedi. A cosa vi serve rientrare? Ci diceva», rispose Temistocle mentre si attorcigliava nervosamente le meches.

«Sei pronto ragazzo per affrontare la tua missione?», chiese il re.

«Certo», rispose Sgabort, non sembrava convinto e l'espressione del volto lo rivelava.

«Mi sembri pensieroso, cosa c'è che ti preoccupa?»

«Ho paura di fallire e di infrangere le vostre speranze.»

«Non preoccuparti Sgabort, combatterò al tuo fianco», disse Pepito mentre si posò sulla spalla del ragazzo, «andiamo a fargli il culo a quei bastardi!»

Quelle parole ridiedero grinta a Sgabort, sapere di avere un amico al suo fianco lo fece sentire meglio, e poi c'era lei... Bambina.

Arrivò il giorno della partenza. I quattro si salutarono, il re donò loro un cesto con del cibo preparato da lui, Sgabort e Pepito si finsero contenti.

«Il mio Regno è nelle tue mani ragazzo, sono certo che non mi deluderai», disse il re consegnandogli una spada, «questa è per te, è la mia spada portafortuna, sapessi quante porchette ha affettato quando avevo il chioschetto al luna park.»

Sgabort la accettò di buon grado, mentre guardava negli occhi sia il re che il saggio, disse, «non vi deluderò.»

I due amici si misero in marcia con le spade a tracolla, la spada di Pepito ricordava più uno stuzzicadenti, molto probabilmente era uno stuzzicadenti.

«Ehi Sgabort! Non dimentichi nulla?», chiese Temistocle.

«Hai ragione, arrivo!», rispose correndo per baciarlo sulla guancia.

«Ahahaha!», rise il saggio, «mi riferivo a questa, dimenticavi il pezzo più importante, abbine cura», disse porgendogli la canna sonora.

Frugando nella borsetta tirò fuori una confezione simile a una scatola per anelli che donò a Sgabort. Il ragazzo aprendola notò che erano dei tronchetti di liquirizia, guardò dubbioso Temistocle, lui adorava la liquirizia, ma non capiva l'utilità di quel dono in quel contesto.

«Non sono delle comuni liquirizie, ma ho apportato delle modifiche ideate da me. Se le succhiate vi riscalderanno, quindi saranno molto utili per la notte», approfittando di una distrazione del re aggiunse sottovoce, «inoltre se le masticate, sostituiscono un pasto completo con bibita compresa, quindi potete fare a meno di ingurgitare le orribili pietanze preparate dal re», detto questo fece l'occhiolino e scompigliò i capelli di Sgabort.

Il re li salutò definitivamente sventolando un fazzoletto bianco, «mi raccomando a non rompere i miei pupazzetti.»

Capitolo 2
L'Isola del Faro a Pedali

Era una bellissima giornata per partire, il clima era mite e la Stella Galileo splendeva nella sua magnificenza, illuminando la florida natura che accompagnava i nostri eroi. C'era verde ovunque. Sgabort, ricordando le enormi strutture di cemento che invadevano il suo vecchio pianeta, pensò tra se e se, "dove non passa l'uomo la natura risplende."

Dopo qualche chilometro, Pepito chiese, «Chissà cos'è questo tanfo che ci perseguita dall'inizio del cammino?»

Si annusarono intorno notando che la puzza proveniva dal cesto preparato dal re.

«Conviene gettare via il cibo», propose Pepito, «ormai siamo lontani perché il re possa offendersi, magari con un po' di fortuna fungerà da concime.»

Sgabort eseguì, le piante che entrarono in contatto con il cibo si appassirono e morirono all'istante, il cibo funzionò come diserbante. In quell'area non ci fu più vegetazione, divenendo la zona calva della Terra dei Mufloni. Leggenda vuole che re Dingo utilizzasse un libro di ricette appartenuto in passato ad un certo Attila.

Pepito si accese una sigaretta ed espirando il fumo constatò, «pensa se quel pasto tossico fosse finito nei nostri stomaci.»

Molti chilometri furono percorsi, la Stella Galileo si preparava per il tramonto e l'aria cominciava a raffreddarsi, lo sbalzo termico tra giorno e sera iniziava a farsi sentire. A un tratto Pepito si fermò di colpo, «siamo arrivati al Bosco delle Bizzarre Creature e non ho tanta voglia di addentrarmi al suo interno», disse mentre si grattò d'impulso il basso ventre.

«Ci sono alternative?», chiese Sgabort.
«No, purtroppo.»
«Allora ci tocca entrare.»
Malvolentieri Pepito dovette dargli ragione e procedere con lui.
Strani versi animali risuonavano nel bosco, decisero di accendere un fuoco per accamparsi. Erano affamati, ma preferirono non mangiare le liquirizie magiche poiché la natura offriva cibo a volontà, colsero una quantità di frutti tale da poter sfamare un intero reggimento.
Finita la cena, e a pance piene, rimasero seduti a riscaldarsi vicino al fuoco. Il bosco era silente, non si udiva più alcun verso, probabilmente gli animali si erano rintanati attendendo la notte.
Sgabort fu il primo a riprendere parola, «non mi hai ancora raccontato come sei arrivato sin qui.»
«Devo proprio?», chiese Pepito fingendosi contrariato.
«Se ti va di raccontarlo, ovviamente.»
«Allora preparati ad ascoltare una lunga storia.»
«La ascolterò volentieri», Sgabort ripulì le proprie orecchie dal cerume per non farsi scappare nemmeno una parola.
Pepito si mise in piedi, si accarezzò la chioma dorata, accese una sigaretta e iniziò a raccontare.
«Era l'estate 1992 e le radio trasmettevano l'hit del momento "Chiavando amando" della famosa rock star Gigy Pop. Avevo da poco conseguito il diploma e, nell'attesa di decidere cosa fare del mio futuro, necessitavo di un lavoretto estivo che mi permettesse di mettere i soldi da parte per realizzare un sogno, acquistare una moto per diventare un centauro.»
«Volevi diventare un Harleysta?», chiese Sgabort.
«No, molto di più, un califfonista. Iniziai a lavorare come lecca-pentole in una pasticceria, ma la paga era misera, inoltre stavo accumulando chili in eccesso, dovevo trovare

velocemente un'alternativa. Così mi venne l'idea di farmi pagare per ripulire gli scantinati e i box di chi ne avesse avuto la necessità.

Per suscitare l'interesse delle persone, con l'aiuto della mia sorellina, distribuii in ogni angolo del mio paese, Ginosa, volantini creati con carta e penna. Le richieste cominciarono lentamente ad arrivare, il passaparola fece il resto, con l'aiuto economico di mia nonna, nel giro di tre mesi ero quasi arrivato alla cifra che mi serviva.

Ormai il mio sogno era a portata di mano e sentivo già il sedile rivestito in pelle vibrare sotto il mio sodo fondoschiena. Mi feci crescere la barba per accompagnare i miei lunghi capelli, indossavo jeans e gilet di pelle, ormai mi consideravo un califfonista a tutti gli effetti. e poi...», Pepito sbadigliò, «e poi... poi... Ho molto sonno, attivo il narratore automatico così dormo un po'.»

Un giorno, durante la sistemazione di una cantina trascurata, la sua barba si riempì di polvere, mentre cercava di ripulirla strofinando con la mano comparve un enorme nuvola di fumo, diradandosi mise in evidenza un uomo pieno di muscoli, calvo e con dei lunghi baffi che indossava solo un perizoma.

Pepito, indietreggiò impaurito e chiese con voce flebile e tremante, «chi diavolo sei?»

«Sono Gluteus, il genio della barba. Posso esaudire tre desideri, sono al suo servizio, padrone.»

Pepito iniziò a schiaffeggiarsi pensando che stesse sognando, ma non ci fu nessun risveglio, solo guance doloranti.

La paura iniziò a svanire e, ancora incredulo, Pepito decise di provare a vedere se quello riferito dall'uomo in mutande corrispondesse a verità.

Pensò a cosa potergli chiedere e non ebbe dubbi sul primo desiderio, «voglio un califfone rosso con fiamme gialle

disegnate sui lati.»
«Si dice per favore.»
«Per favore», aggiunse Pepito sbuffando.
«Ogni suo desiderio è un ordine!», proclamò il genio, schiaffeggiandosi sonoramente le natiche in maniera alterna.
Un califfone comparve come per magia davanti a Pepito. Sbalordito, si avvicinò lentamente al suo sogno divenuto reale e iniziò ad accarezzarlo dolcemente come se fosse il corpo di una donna. Salì in sella a essa fingendo di guidarla e chiuse gli occhi immaginando la sua bionda chioma danzare nel vento.
Giunse il momento del secondo desiderio. Pepito pensieroso giocherellava con la barba in attesa che un'idea gli balenasse in testa, «vediamo un po', voglio diventare... voglio diventare un... », in quell'istante una cimice gli si poso sul naso, «dannata cimice!», esclamò Pepito cercando di cacciarla via.
«Ogni suo desiderio è un ordine!», dopo la schiaffeggiata di rito, Pepito divenne una cimice, bionda si ma pur sempre cimice.
«Porca miseria! Cosa mi è successo?!», esclamò sbigottito.
«Ho eseguito il suo desiderio, padrone», rispose il genio, «ma non dimentichi che ha l'ultimo desiderio per poter rimediare all'accaduto.»
Pepito parve sollevato ed espresse il suo ultimo desiderio, «io voglio una scorta infinita di sigarette e accendini.»
«Sicuro, o vuole pensarci ancora un attimo per il suo ultimo desiderio?», chiese Gluteus titubante.
«Pensare a cosa? Non hai idea di quanto mi costi questa dipendenza!»
«Ogni suo desiderio è un ordine!», il genio perplesso si schiaffeggiò le natiche per l'ultima volta. Tra le zampe di Pepito comparve un minuscolo pacco di sigarette e un accendino.

«Ma questo è solo un pacchetto!»
«Lasci che le spieghi, l'accendino si ricarica da solo e il pacchetto è autoriempiente. Le sue scorte adesso sono illimitate, padrone.»
Mentre Pepito guardava soddisfatto le sue sigarette, il genio inchinandosi annunciò, «il mio servizio alle sue dipendenze è terminato, altri uomini barbuti hanno bisogno di veder realizzati i propri desideri. Addio cimice bionda.»
Comparve una nuvola di fumo che diradandosi mise in luce il genio Gluteus nell'intento di svignarsela dalla porta.
Pepito era molto entusiasta della scorta infinita di sigarette, ma non gradiva affatto essere un insetto, in quello stato poteva dire addio al califfone tanto desiderato.
Provò a ritornare a casa, ma comprensibilmente i suoi cari non riconoscendolo nel suo nuovo aspetto lo cacciarono via. Rimpianse di non essere divenuto uno scarafaggio, almeno sua madre lo avrebbe trovato bello.
Tutti i notiziari diffusero la notizia del ragazzo scomparso, la sua faccia finì sulle confezioni del latte di mezza Europa. Furono attivate le ricerche con i migliori segugi in circolazione, ma si rivelarono infruttuose. Chi avrebbe mai immaginato che la soluzione del ragazzo scomparso era riconducibile a una cimice?
I giorni passarono e Pepito, che ormai viveva sul sedile della moto, divenne sempre più infelice, finché un giorno si ricordò di quando era bambino e trascorreva le ore a osservare gli uccelli, invidiando la loro capacità di volare. Certo, non era diventato un elegante uccello, ma possedeva comunque l'abilità di spiccare il volo, in fondo anche le mosche che ronzano intorno agli escrementi hanno quella fantastica fortuna.
Adesso che sapeva volare la moto non gli serviva più, avrebbe potuto ammirare dall'alto le meraviglie di questo pazzo mondo. Quanti uomini possono dire di poterlo fare?
Partecipò e superò brillantemente un concorso nella poli-

zia di stato per la qualifica di cimice scelta. Il suo ruolo era quello di posizionarsi sotto il tavolo e nelle cornette telefoniche degli indiziati, origliare i loro discorsi e prendere appunti da consegnare all'ispettore di polizia.

Ogni sera tornava a casa insoddisfatto, immerso in discorsi inutili ascoltati di nascosto durante il giorno e di cui non gliene importava un fico secco... Buoni i fichi secchi... Scusate, ho saltato la cena e mi è venuto un certo languorino.

Dove eravamo rimasti? Ah,si. Ora ricordo... Era un lavoro che detestava, ma la paga era buona. Un giorno si accorse che i soldi non gli servivano a nulla. Gli sembrò stupido fare la vita di un umano adesso che era un essere libero, non si prese neanche la briga di dare le dimissioni, ma iniziò subito a volare vagando senza una destinazione stabilita.

Era così bella la libertà, quando voleva volare, volava. Quando voleva mangiare, mangiava. Quando voleva riposare, riposava. Certo i nemici come i ragni erano sempre in agguato, ma era un rischio che correva ben volentieri.

Per superare l'inverno, aveva elaborato un piano per poter entrare segretamente nelle calde abitazioni umane. In pratica, individuava dei panni stesi fuori ad asciugare dove potersi posare, all'epoca le asciugatrici erano ancora un lontano miraggio, quando le massaie rientravano i panni asciutti, Pepito entrava furtivamente in casa con loro. Appena aveva la certezza che nessuno fosse nei dintorni, usciva allo scoperto cercando una comoda sistemazione lontana da occhi indiscreti dove trascorrere la notte.

I problemi nascevano quando si accendevano le luci in casa, questo in inverno capitava sempre più spesso e sempre più presto. Abbiamo già visto cosa succede al nostro amico quando si trova nei paraggi di una lampadina accesa.

Le settimane trascorrevano e Pepito, a causa della sua attrazione per la luce, veniva individuato e cacciato dagli umani, molto spesso qualche marmocchio cercava di spiaccicarlo contro il muro.

Era stufo dei vari: "che schifo!", "caccialo via!", "prendi la scopa! Prendi la scopa!"

La misura fu colma quando una mamma, guardando suo figlio intenzionato a eliminare il nostro amico, consigliò, «non ucciderlo che poi si sente la puzza.»

Lui, che si faceva ogni giorno una doccia e nei giorni più torridi almemo due, si sentì umiliato ascoltando quel commento, così prese la decisione di abbandonare questo pianeta per esplorare l'universo in cerca di un luogo in cui si sentisse accettato.

Quel luogo lo trovò, circa tre anni dopo, nel Regno delle Cornamuse. Lì con l'influenza stilistica di Temistocle, con cui legò sin dal primo momento ricordando l'imprinting di Konrad Lorenz con le oche, prese la decisione di colorare le sue ali di blu e indossare il papillon. Le mutande con la P ricamata arrivarono in seguito alla spiacevole disavventura avuta con le piattole. Fine della storia. Clic.

Il narratore automatico si spense e Sgabort poté addormentarsi, voleva togliersi una curiosità, ma non voleva disturbare Pepito, appena sveglio era a dir poco intrattabile. Decise di aspettare l'indomani mattina per risolvere il suo quesito.

Al mattino, un urlo di Pepito destò Sgabort, il quale aprendo gli occhi lo trovò paralizzato mentre una cucciola di cerpiattolo lo leccava con affetto. Il ragazzo chiamò a se la cucciola per allontanarla da Pepito, nonostante ai suoi occhi quell'immagine risultava molto divertente. Sgabort si rese conto del perché avevano chiamato il bosco in tale modo.

Il cerpiattolo era un animale con il corpo di una piattola gigante e la testa di un cervo. Pepito fu terrorizzato dalla sua visione.

In cerca della sua piccola, mamma cerpiattola si avvicinò a loro, «ti ho ritrovata finalmente, quante volte devo dirti che devi avvisare prima di allontanarti?»

«AAAHHH!!! Sanno anche parlare!», urlò Pepito in preda al panico, «vi prego non succhiatemi il sangue, vi darò tutto quello che volete!»

«Ma noi non succhiamo sangue, ci cibiamo con estratti di frutta e verdura.»

Nel sentire quelle parole Pepito si rilassò. «Vieni ad accarezzarla, è affettuosa», lo invitò Sgabort.

Pepito si avvicinò adagio e accarezzò la cucciola. Notando la sua dolcezza la paura scomparve di colpo e lui si sentì uno stupido a essersi spaventato. "Un cavaliere impavido non può aver paura, tantomeno di una cucciola", pensò.

Pepito, per rimediare al suo comportamento, invitò madre e figlia a restare per fare colazione insieme. L'invito venne accettato volentieri.

«Che sbadato, non ci siamo ancora presentati. Io sono Sgabort e questo è il mio amico Pepito.»

«Piacere di conoscervi. Io sono Candida e lei è la piccola Treponema. Siete nuovi della zona?»

«In realtà, siamo solo di passaggio», spiegò Sgabort, «tra poche ore ripartiremo.»

In quell'istante si sentì un ronzio, dopodiché un tozzo muflone alato dal manto fulvo planò vicino a loro.

Incuriosito Sgabort, non vedendo le ali e volendo capire come facesse a volare, si avvicinò a esso per osservarlo meglio. Notò delle piccole ali di mosca poste sul dorso.

Ritornando indietro chiese a Candida, «come fa a volare con quelle minuscole ali?»

«Conosci la teoria del muflone alato?»

«No, mai sentita.»

«Te la spiego subito. La struttura alare del muflone alato, in relazione al suo peso, non è adatta al volo, ma lui non lo sa e vola lo stesso.»

«Stupide bestie!», commentò Pepito, sghignazzando con lo sguardo rivolto verso l'animale che, sentendosi chiamato in causa, si avvicinò per chiedere spiegazioni.

«Qualcosa non va?»

«No», rispose Pepito deglutendo.

«Mi sembrava che tu mi stessi dando dello stupido.»

«Lascia perdere Rufus, lo avrai frainteso», si intromise Candida con l'intenzione di fare da paciere.

«Mi spiace Candida, ma voglio andare in fondo alla questione.»

«Hai ragione», ammise Pepito, «ho detto stupide bestie, ma era riferito al fatto che avete dimenticato come accoppiarvi.»

«Quante altre volte devo sentire questa storia? Non lo abbiamo mai dimenticato, ma eravamo talmente occupati a progettare un piano per il dominio del pianeta da non aver avuto tempo a disposizione per poterci accoppiare. Man mano che gli anni passarono, la popolazione muflonica diminuì di numero a causa dell'assenza di nascite. I superstiti dovettero farsi carico di una mole di lavoro maggiore per la realizzazione del progetto, avendo di conseguenza sempre meno tempo per poter procreare. Alla fine ne restò solo uno che sarebbe morto di solitudine. Fortunatamente, il professor Ciamb riuscì a incrociare il suo DNA con quello di una mosca, dando origine alla nostra specie.

Imparando la lezione, mettemmo da parte il desiderio di dominio ed essendoci più tempo libero tornammo ad accoppiarci. Purtroppo di mufloni alati ne nascono pochi, la maggior parte dei nascituri sono delle gigantesche mosche cornute. Non dovrei dirlo, visto che mi sono parenti, ma sono davvero orribili da guardare.»

Proprio in quel momento, a pochi metri da loro, due esemplari maschi di mosconi cornuti lottavano con le corna per sancire chi dovesse accoppiarsi con Rufus.

«I mosconi cornuti, a differenza di noi mufloni alati, sono molto stupidi poiché hanno quasi la totalità del DNA moschino. Per farvi un esempio, sono settimane che cerco di far capire loro che sono un maschio, ma ogni giorno si ripete la medesima storia», per punzecchiare Pepito, aggiunse, «noi mufloni alati invece, abbiamo quasi la totalità del DNA muflonico e ciò ci rende, secondo uno studio condotto dalla rivista "Donne e buoi", l'animale più intelligente presente in natura.»

Rufus, per far risplendere la sua intellettualità, indossò una maglia a collo alto, una giacca in velluto con toppe sui gomiti e un paio di occhiali. Per sfoggiare il suo potenziale recitò a memoria alcuni passi della Orina commedia e lasciò senza parole i nostri amici utilizzando formule matematiche e fisiche. Citò anche l'equazione di Dirac, la quale afferma: "Se due idioti interagiscono tra loro per un certo periodo di tempo e poi vengono separati, non possiamo più descriverli come due idioti distinti, ma in qualche modo sottile diventano un unico idiota, un idiota bello grosso. Se uno dei due, per un qualsiasi motivo, dovesse dare delle craniate al muro, l'altro lo imiterà anche se si dovesse trovare ad anni luce di distanza".

«Chiedo scusa per il mio pregiudizio iniziale, devo riconoscere che sei sono molto dotto», disse Pepito dopo aver ammirato la performance intellettiva di Rufus.

«Scuse accettate. Adesso vado, uno dei due mosconi cornuti sta per vincere la contesa e non vorrei che il mio fondoschiena diventi di sua proprietà. Alla prossima!», Rufus spiccò il volo.

Terminata la colazione, i nostri eroi si congedarono, rimettendosi in marcia verso una meta ancora lontana.

Sgabort si rivolse a Pepito, «ho ascoltato la tua storia prima di dormire, molto interessante, ma mi sfugge un particolare, come mai come terzo desiderio non hai chiesto di ritornare al tuo aspetto normale?»

«Sta' zitto! Hai la minima idea di quanto costi mantenere la dipendenza dal fumo?», rispose stizzito Pepito, troncando rapidamente il discorso sul nascere.

Tutti quelli che ascoltavano la sua storia gli ponevano sempre la stessa domanda, ma lui in realtà non aveva proprio pensato di poter chiedere di ritornare umano, facendo sempre la figura dello stupido e venendo sommerso dalle risatine ironiche degli ascoltatori.

Solo con il tempo si rese conto della domanda posta dal genio che all'epoca non comprese: "Sicuro, o vuole pensarci ancora un attimo per il suo ultimo desiderio?". Tutto sommato essere una cimice non era poi così malaccio, in fondo a Ronnie il dildo parlante era andata decisamente peggio, provate a chiederglielo.

Mentre camminavano, si sentirono chiamare, era Rufus che atterrò davanti a loro, «come mai da queste parti?»

Sgabort gli spiegò perché si ritrovarono ad attraversare il bosco e della missione che era stato chiamato a svolgere.

«Vi prego, portatemi con voi», implorò Rufus, «sono stanco di dover rischiare tutti i giorni il mio adorato fondoschiena.»

Sgabort e Pepito si consultarono a bassa voce. Pepito fece presente che volando avrebbero raggiunto il Regno delle Cornamuse in tempi molto più ristretti, evitando di navigare su quella zattera malandata. Decisero di portarlo con loro.

«Come fai a volare con delle ali così piccole?», chiese Sgabort incuriosito.

«Non ci avevo mai fatto caso. Adesso che mi ci fai pensare, queste ali non sono idonee per trasportare il mio peso», rispose Rufus, il quale riprovò a prendere il volo non riuscendoci.

«Ti rendi conto di cosa hai combinato?», disse Pepito incollerito, «adesso ci tocca utilizzare quella zatteraccia con del peso extra.»

«Vi prego, non rimangiatevi la parola, se il mio posteriore era in pericolo quando volavo, figuriamoci adesso. Me ne starò in un angolino buono buono, tutto sommato potrei tornarvi utile. Vi scongiuro, non abbandonatemi al mio destino», disse Rufus inginocchiandosi davanti a loro con tono supplichevole.

I due si guardarono impietositi e all'unisono dissero, «sei dei nostri!»

Camminando, videro altre bizzarre creature. Rufus assunse la carica di guida, spiegando, «quella è la tenerissima riccioli d'orso intenta a declinare le avances del fascinoso Joe Pesce.»

«Joe Pesci, vorrai dire», lo corresse Sgabort.

«Joe Pesci quando è in compagnia, quando è da solo si chiama Joe Pesce», spiegò Rufus continuando l'illustrazione, «alla vostra destra potete ammirare la dolorante marmotta linciata. Alla vostra sinistra invece trovate la lince marmorea, non preoccupatevi se sembra pietrificata. Guardando in lontananza, potete osservare un koalano che socializza con un elefantegana.»

«Suppongo che quello sia l'uomo pesco», disse Sgabort, indicando un uomo con le braccia alzate che reggeva delle pesche con i palmi delle mani.

«No, quello è semplicemente uno scemo del luogo a cui è stato detto per scherzo che si poteva trasformare in tutto ciò che desiderava. Sono due anni che è convinto di essere un pesco.». Indicando una zona nella boscaglia, Rufus urlò stupefatto, «guardate! Un animale raro da individuare! Se aguzzate bene la vista, potrete individuare un esemplare di camaleone mentre cerca di predare una gazzella ladra. Chissà chi dei due si sarà alzato prima stamane.»

La gazzella ladra, udendo le parole di Rufus, si diede alla

fuga portando con se il suo piede di porco.

Il camaleone rimase con un palmo di naso, «non potevate farvi gli affari vostri!», disse collerico e subito dopo tirò fuori la sua lunga lingua per catturare una mosca cavallina con annesso fantino, un alimento difficile da digerire ma molto nutriente.

In riva al mare ritrovarono la zattera esattamente nello stesso luogo in cui era stata parcheggiata cinque anni prima. Come imbarcazione era pietosa, ma non pareva danneggiata. Furono costretti a mandar via due grifoni ingrifati sorpresi ad accoppiarsi su di essa.

Non senza difficoltà, fu rimessa in mare e potettero partire.

Rufus prima di imbarcarsi riprovò a volare, ma non ci fu nulla da fare.

La stella Galileo era ancora alta e in cielo vi era un'unica nuvola che a Sgabort parve avere le sembianze di Bambina, a Pepito sembrò una sigaretta fumante e a Rufus ricordò una nuvola. I mufloni alati erano famosi per la loro pessima immaginazione.

Quando la zattera fu in movimento, e si resero conto che galleggiava egregiamente non imbarcando acqua, si scatenò l'entusiasmo. Sostanzialmente, non avevano molta voglia di costruirne un'altra.

Il mare era fin troppo calmo e Sgabort dovette fare un gran lavoro di braccia per poter navigare a ritmo sostenuto, era l'unico in grado di remare grazie ai pollici opponibili. Per la sua forza dovette ringraziare le sue attività adolescenziali che, oltre a fargli perdere qualche diottria, gli consentirono di possedere un poderoso bicipite destro, il quale si trovava sopra la mano da "meditazione".

Stremato e affamato, Sgabort propose di fare una pausa. Quasi tutte le scorte di cibo furono ripulite, una volta terminate tali provviste, rimanevano comunque le magiche liquirizie donate da Temistocle su cui poter fare affidamento. Ovviamente, dopo pranzo la pennichella era d'obbligo e questo caso non rappresentava un'eccezione.

Risvegliato, Sgabort si diede un gran daffare per poter percorrere più strada possibile. Tornò a riposarsi quando iniziò il tramonto e un fresco venticello cominciò a soffiare sulla vela, permettendo all'imbarcazione di procedere autonomamente.

Giunse il buio e con esso giunse il freddo, le liquirizie magiche ottennero l'effetto sperato. Sgabort cominciò addirittura a sudare e patire il caldo, fu costretto a fare un tuffo nel mare ondoso per ritrovare il benessere. Trovando difficoltà nel risalire, fu costretto a chiedere l'ausilio di Rufus che lo sollevò con le sue corna immense.

La notte trascorse velocemente e in lontananza si intravedeva il faro. Tutto procedeva per il meglio, finché il mare non li scaraventò bruscamente contro un grosso scoglio, la zattera andò in frantumi divenendo inutilizzabile. I tre riuscirono ad aggrapparsi al masso, trovando protezione su di esso.

«Non ci resta che raggiungere l'Isola a nuoto», constatò Sgabort.

«La distanza non è proibitiva, ma ci conviene aspettare che il mare ritorni calmo, nuotare adesso sarebbe rischioso», aggiunse Rufus.

«Guardate lì!», esclamò Pepito terrorizzato, indicando in mare la presenza di un gruppo di squali tigre, per loro fortuna erano all'inseguimento di un gruppo di squali antilope e non fecero caso alla loro presenza.

Sgabort e Rufus trascorsero una scomoda nottata, di tutt'altra natura fu invece quella di Pepito che sonnecchiò comodamente sulla soffice pelliccia di Rufus, risvegliandosi fresco e riposato.

Riuscirono a raggiungere l'Isola del Faro a Pedali a nuoto. Rufus, che si scoprì un abile nuotatore, trasportò in groppa gli altri due. Portarlo con loro si rivelò una scelta azzeccata.

Arrivati sull'isola si diressero verso il faro, sperando di trovarvi un custode che potesse indirizzarli dal governatore. Una volta giunti lì, aprirono la porta trovando una piccola stanza con un tizio che pedalava una cyclette.

«Buongiorno, ci teniamo in forma?», chiese Sgabort.

«Buongiorno un corno!», rispose il tizio incacchiato.

«Fuori c'è una splendida giornata, come mai non pedala all'aperto?»

«O pedalo o parlo», rispose l'uomo sempre più incacchiato.

«Ho capito cosa fare», disse Pepito attivando il narratore automatico.

Il tizio era Francis Pedalò e quando era giovane si trasferì su quest'isola in cerca di fortuna. Avrebbe tanto voluto possedere una bicicletta per poter fare tante scampagnate all'aria aperta, ma era un povero sognatore spiantato e non aveva soldi a sufficienza per poterne acquistare una, così tutti i giorni si sedeva su una panchina del parco simulando una pedalata immaginaria in posti fittizi.

Un giorno, mentre era intento a scalare una salita immaginaria, sentì un uomo gridare aiuto, era il neo governatore Isidorco vittima di una baby gang, accerchiato da una dozzina di bambini che lo assaltarono con le bolle di sapone. Il governatore era rannicchiato su se stesso e tremava dalla paura. Francis posò la sua bicicletta mentale correndo ad aiutare l'uomo, minacciò gli infanti simulando una pistola con il pollice e l'indice, i quali vedendo l'arma se la diedero a gambe levate. Francis aiutò l'uomo a rialzarsi.

«Grazie mille», disse il governatore con riconoscenza.

«Si figuri buon uomo, ho solo fatto il mio dovere», rispose Francis stringendo tra le mani un cappello invisibile.
«Sai chi sono io?»
«Non ne ho idea, sono nuovo del posto.»
«Sono Isidorco il Simpatico, governatore dell'Isola del Faro Spento», notando gli abiti consunti del ragazzo, e volendo sdebitarsi, aggiunse, «ho apprezzato molto il tuo gesto, chiedimi tutto ciò che vuoi e vedrò di accontentarti.»
«Sono solo un umile ragazzo. Mi occorre un lavoro per potermi mantenere e mi piacerebbe tanto possedere una bicicletta. Se non può soddisfare la mia richiesta, pazienza.»
«Sarai accontentato.»
Così, Francis finì a lavorare nel faro su una bicicletta fissa.
Sulla riva dell'isola non arrivava la corrente, quindi il faro per funzionare era collegato con dei cavi elettrici alla cyclette e Francis pedalando lo alimentava.
Da quel momento l'Isola mutò il nome in quello attuale e il governatore, con il passare degli anni, mutò carattere divenendo Isidorco il Lunatico.
Sono ventitré anni che Francis pedala ininterrottamente, maledicendo il giorno in cui salvò il governatore. Fine della storia. Clic.

«Potrebbe dirci come raggiungere il governatore?», chiese Sgabort.
«L'isola è piccola, basta camminare e troverete qualcuno disposto a condurvi da lui. Fatemi un favore, riferitegli che Francis Pedalò lo manda a quel paese.»
«Senz'altro. Buon lavoro.»
«Buon lavoro un corno!»

I tre si incamminarono verso il centro, «simpatico quel Francis, un po' irascibile ma simpatico», disse Pepito.
Camminando incontrarono un certo Ascanio il Sabbatico,

appisolato su un'amaca disposta tra due querce.

«Salve signore, potrebbe accompagnarci gentilmente dal governatore», disse Sgabort.

«Non ho voglia», rispose l'uomo.

«Potrebbe almeno indicarci come raggiungerlo?»

«Non vedete che sto riposando?»

«Lasciate perdere, nemmeno Ainett Stephens riuscirebbe a farlo schiodare da quell'amaca. Se volete vi ci porto io, conosco una strada che ci condurrà in pochi minuti, sulla strada c'è una pizzeria che fa delle ottime pizze. Avete fatto colazione? Io non sono riuscito a farla poiché mi sono alzato tardi, non avete idea della nottataccia che ho passato. Lasciate che mi presenti, sono Billy il Logorroico. Bhè, cosa aspettate? Andiamo!», disse il logorroico Billy.

I tre si scambiarono una rapida occhiata, «credo che non abbiamo alternative, ci tocca andare con questo strambo», disse Pepito. Decisero di accettare.

Billy iniziò a parlare a raffica senza riprendere fiato, creando nei tre malcapitati una sensazione di asfissia, «come mai da queste parti? Da dove venite? Avete degli aspetti buffi. Il più buffo di tutti però sembra il muflone alato, come mai cammini se puoi volare? Come mai una cimice fuma? Credevo di averle viste tutte. A casa ho trentasette mele e ne ho mangiate sei, quante mele rimangono? L'altro giorno ero all'Ikea quando a un tratto mi è venuto lo stimolo di urinare, ho seguito le frecce che indicavano il bagno e dopo tre ore ho scoperto che mi hanno condotto due metri dietro da dove mi trovavo all'inizio della ricerca. Un giorno andrò ad Alghero in compagnia di uno straniero, ma acqua in bocca, non dite nulla a mia madre. Vi va se stasera andiamo nel ristorante da Gino lo Sporcaccione sito in Piazza degli Orifizi Anali? Hanno appena cambiato gestione e un giro me lo farei volentieri. Chi di voi ha un profilo Backbook così ci scambiamo l'amicizia? Un uomo entra in un caffè e ordina un caffè. Ho un amico talmente ipocondriaco che quando sua moglie gli annunciò di essere incinta, lui rispose: "anche io, cara". Qualcuno gradisce una caramella composta da trentadue erbe, c'è la genziana, il cardio santo, la salvia sclarea... »

«OOOHHHH! OOOHHH! OOOHHH!», urlò Pepito esasperato, «avrai mica intenzione di elencare tutte le erbe? Mi hai provocato un terribile mal di antenne. Io proseguo da solo, preferisco patire la fame e la sete piuttosto che sentire un'altra parola uscire dalla bocca di questo scocciatore.». Si incamminò solitario.

«Non pensarci, è fatto così», commentò Sgabort con diplomazia, cogliendo la palla al balzo per svignarsela. Dirigendosi verso Pepito, invitò Rufus a fare altrettanto.

«Mi spiace», aggiunse Rufus guardando Billy e seguendo a ruota Sgabort.

«Finalmente riesco a risentire i miei pensieri», concluse Pepito con un respiro liberatorio.

La ricca vegetazione iniziava a diradarsi e i rumori del paese erano sempre più vicini. Una volta arrivati nella parte viva dell'isola, informazione dopo informazione, i nostri amici riuscirono ad approdare all'abitazione del governatore Isidorco, dove due guardie sgangherate bloccavano l'ingresso.

«Chi siete?», chiese una delle due guardie.

«Non importa chi siamo, ma annunciate al governatore che ci manda re Dingo il Guerriero», rispose Sgabort.

«Mandateli via, non ho tempo da perdere», disse Isidorco, mentre origliava a pochi metri da loro, «anzi fateli entrare, qui gli amici di Dingo saranno sempre i benvenuti.»

I tre entrarono trovando il governatore che prendeva il sole in giardino, sdraiato sul bordo di una piscina priva d'acqua a causa dell'idrofobia di sua moglie Matilda l'Ipocondriaca.

Isidorco era un uomo sulla cinquantina con il classico

aspetto di un cinquantenne con la fobia di invecchiare. La sua chioma, per metà brizzolata e per metà dipinta di marrone, dava l'impressione che da un lato gli avesse fatto la cacca in testa un piccione, dall'altro una vacca. Il suo vestiario era a dir poco eccentrico, indossava per metà parte del corpo scarpa, camicia e pantaloni eleganti e per l'altra metà un sandalo, boxer da mare e camicia hawaiana. Probabilmente il suo sarto lo malediceva giorno e notte. Sul volto spiccava un paio di occhiali per metà da sole e per metà solo montatura, inoltre metà faccia era ricoperta da barba, mentre l'altra metà era perfettamente rasata.

"Che strano individuo", pensò Sgabort.

«Cosa vi porta su quest'isola?», chiese Isidorco.

«Dobbiamo liberare il Regno delle Cornamuse dalle grinfie dell'onnipotente Scroto e ci serve ospitalità», rispose Sgabort.

«Cosa vi fa pensare che ve la concederò?», domandò Isidorco con tono strafottente.

Sgabort stava pensando di dire una frase a effetto per convincere il governatore, il quale cambiando rapidamente idea disse, «certo che vi ospiterò.». Parlando con la moglie, che nuotava con braccioli e salvagente sul fondo della piscina vuota, disse, «cara ricordati di riferire a Cassandro di aggiungere tre posti a tavola. Abbiamo ospiti.»

Appena tutto fu pronto, l'allampanato Cassandro, vestito da pinguino, annunciò che la tavola era preparata.

Fu imbandita una tavola piena di ogni ben di Orino, vi erano sei posti, tre per gli avventurieri, due per i coniugi e uno per la gatta Bettina che era viziata e coccolata come se fosse loro figlia.

Appena vide Pepito, la gatta si avventò su di lui per catturarlo, cosa in cui riuscì senza troppi sforzi. Giocò sul pavimento passandoselo da una zampa all'altra. Notando la presenza di Sgabort, terminò di strapazzare la nostra amata cimice che bestemmiava in sanscrito.

Bettina in quel periodo dell'anno era in calore e avvertiva per Sgabort un'attrazione irresistibile. Cominciò a miagolare strusciandosi alle gambe pelose del nostro eroe, provando spudoratamente a rimorchiarlo. Era quasi giunta a chiedergli il numero telefonico quando il governatore, imbarazzato, dovette intervenire per rinchiuderla in bagno. Subito dopo si sentirono dei miagolii simili a lamenti e dei colpi battere sulla porta, Sgabort pensò che dopo pochi secondi avrebbe visto un'ascia rompere la porta ed emergere il volto eccitato di Bettina.

«Ma cosa farò mai alle donne?», chiese Sgabort, suscitando l'ilarità dei presenti.

I tre vennero presentati alla governatrice Matilda e si potettero accomodare a tavola. Matilda era una bella donna formosa che aveva superato da un pezzo la quarantina, ma pareva che il suo corpo fosse immune ai segni del tempo. I suoi lunghi capelli neri e riccioluti incorniciavano un volto nascosto dietro a una sciarpa che serviva per proteggerla da virus e batteri, infatti appena uscita dalla piscina aveva tossito, convincendosi di aver contratto una broncopolmonite. Le rassicurazioni tempestive del suo medico personale non riuscirono a placare i suoi timori.

Isidorco e Matilda formavano una coppia davvero stravagante, stabilire chi fosse il più folle dei due rappresentava un'ardua impresa.

Prima di iniziare a mangiare, il medico misurò i valori dell'insulina della governatrice, «i valori sono nella norma, può mangiare tranquillamente. Anche quest'oggi il pericolo diabete è scongiurato, signora.»

Matilda emise un sospiro di sollievo.

Mentre si accingevano a sedersi a tavola, lo stomaco di Sgabort brontolò.

«Sarà il mio colon irritabile che si sarà irritato per l'attesa», disse allegramente il ragazzo per togliersi dall'imbarazzo e creare allegria.

«Per caso è una malattia contagiosa?», chiese la governatrice, facendo trasparire preoccupazione.

«Cosa aspettate a mangiare? Scrocconi maledetti!», disse il re offendendo gli ospiti, poi aggiunse, «non fate i complimenti, cominciate a mangiare che si fredda.»

Pepito iniziò ad averne fin sopra alla bionda chioma del comportamento di Isidorco e mangiò borbottando.

«Abbi pazienza», gli disse Rufus sottovoce, «abbiamo bisogno del suo aiuto.»

A fine pranzo Isidorco commentò, «davvero squisito questo pasto di merda.». Guardando Sgabort, aggiunse, «non mi hai ancora spiegato la tua storia. Ti avverto già che non me ne frega nulla. Me la racconteresti per favore.»

Il comportamento del governatore diventava sempre più assurdo, sembrava di parlare con due persone che bisticciavano tra di loro.

Sgabort narrò l'intera vicenda, coadiuvato da Pepito e Rufus che mimavano il racconto davanti a Isidorco, Matilda e Bettina, la quale era riuscita a evadere dal bagno e ora guardava affascinata il suo amato Sgabort.

«Mamma mia! Una storia davvero inverosimile», disse Matilda portandosi le mani sul volto, sentendo al tatto un rigonfiamento urlò preoccupata, «oh, no! Ho la peste bubbonica!»

Fu interpellato immediatamente il medico, il quale stava per recarsi a una seduta di caccia alle scutigere ed era accompagnato da due cani Kurt Russell purosangue al guinzaglio. Visitando la paziente diagnosticò, «non si tratta di peste bubbonica, ma di un banalissimo brufolo.»

«Allora mi sono presa l'acne juvenilis», replicò ansiosa Matilda.

«Non è acne juvenilis, alla sua età mi sembrerebbe alquanto improbabile, le ripeto che è un semplice brufolo. Tenga applichi questo», consegnò nelle mani della gover-

natrice un tubetto di Sbruforol in pomata.
«Allora mi sta dicendo che sono vecchia.»
«Devo correre, c'è un urgenza», terminò il medico. Emettendo un suono con la bocca per simulare il segnale acustico del cerca-persona se la svignò.

«Posso accendermi una sigaretta?», chiese Pepito a Isidorco.
«Se provi ad accendere quella porcheria in casa mia ti stacco le zampette e te le faccio ingoiare», rispose il governatore, poi aggiunse, «certo che puoi simpatica cimice, me ne stavo accendendo anche io una. Te la offrirei ben volentieri, ma suppongo che sia troppo grossa per te.»
Pepito non sapendo come comportarsi e sempre più sull'orlo di una sfanculata atomica, in preda a un tic nervoso che gli fece tremare le antenne, decise di andare a fumare all'esterno. Il pacato Rufus lo seguì per cercare di tranquillizzarlo.
Una volta sbollentata la rabbia, Pepito guardò con l'acquolina in bocca le enormi corna di Rufus, dicendo, «Hai delle corna stupende. Ho sempre desiderato un califfone con un manubrio fatto in quella maniera.»
«Non so cosa sia una califfone, ma lo prendo come un complimento.»
Mentre Pepito era intento a gustarsi la sua prelibata sigaretta a cui seguirono delle scatarrate di apprezzamento, Rufus cercava di ricordarsi che metodo utilizzasse per riuscire a volare, ma ogni tentativo fu vano. A un certo punto, prese la rincorsa per cercare di sorvolare la piscina, ma finì con lo spiaccicarsi dolorosamente sul fondo di essa. Dovettero intervenire i bagnini con le reti per tirarlo fuori.

Rientrati in casa, davanti ai loro occhi si manifestò una scena alquanto surreale, trovarono Isidorco che sbraitava contro Sgabort mentre lo accarezzava amorevolmente.

«Guarda un po' chi rientrano, il cornutone e il nanetto biondo. Mi siete mancati tantissimo», disse Isidorco.

Pepito iniziò a schiumare dalla rabbia mettendo a dura prova la ghiandola catarrale. Rufus questa volta non riuscì a trattenerlo, ma per fortuna fu distratto da un uomo che entrò ruttando

«Buondì a tutti, sono Rocco il Zozzo», disse l'uomo presentandosi.

Rocco era il saggio dell'isola, amico di vecchia data di Temistocle, con cui aveva condiviso gli anni di studio nell'accademia di Randalf il Calvo. Nel modo di vestirsi e di comportarsi era l'esatto opposto di Temistocle.

Aveva capelli sporchi che lavava solo nei dì di festa e di cui non si comprendeva più il colore, la barba era lunga e incolta, indossava indumenti logori e una intensa puzza di ascelle anticipava la sua presenza. La sua pancia divenne abnorme in seguito alle abbuffate di cibo spazzatura fatte presso suo fratello Gino, il quale aveva da poco rilevato un locale in una famosa piazza dell'isola. I suoi occhi celesti intensi stonavano con il resto dell'aspetto.

Temistocle, nonostante gli volesse un gran bene, fu costretto a troncare la loro amicizia per incompatibilità. La goccia che fece traboccare il vaso fu versata quando gli regalò un costosissimo foulard di seta. Rocco non capendone l'utilizzo, gliene assegnò uno del tutto personale, utilizzandolo per asciugarsi il sudore e passarselo tra le dita dei piedi.

Tralasciando l'apparenza, era comunque un ottimo saggio e valido consigliere.

«Fecce intergalattiche, perché non raccontate la vostra storia a Rocco il Zozzo? Sicuramente troverà il modo di aiutarvi. Dannati idioti, siete adorabili», disse il governatore mentre schiaffeggiava Cassandro e accarezzava lo stesso Cassandro.

Si ripetette la scena di prima in cui Sgabort raccontava mentre gli altri due mimavano.
"Mi sono leggermente rotto di spiegare la stessa storia", pensarono simultaneamente.
Al termine, Rocco si grattò la testa pensando a una soluzione. Nel frattempo che il pavimento si riempiva di forfora nera, annunciò, «datemi qualche ora di tempo per confrontarmi con il mio collaboratore HackerJohn, studieremo una soluzione attuabile in tempi brevi», ispezionandosi l'ombelico con le dita andò a rinchiudersi nel suo studio, tenuto in perfetto ordine e pulizia da Cassandro.
HackerJohn era un timido ragazzotto ricciolutο neanche ventenne, brufoloso e con occhiali spessi. Dietro il suo aspetto da imbranato si nascondeva un esperto di elettronica, informatica, videogiochi, fumetti, ruttate in alfabeto morse e mangiate di orsetti gommosi defecati intatti. Passioni ereditate da suo nonno materno Franco Nerd.
Passarono ore interminabili in cui il governatore sbraitava a turno contro i poveri malcapitati per poi chiedere scusa.
Finalmente rientrarono Rocco con il suo fido HackerJohn, «Abbiamo la soluzione!», informò orgoglioso il saggio, grondando sudore lercio da ogni parte del corpo. Il povero Rufus ebbe un mancamento per asfissia.
Isidorco ordinò a Cassandro di aprire tutte le finestre, poi cambiò repentinamente idea chiedendo di richiuderle, infine, dopo ottantasette cambi di idea, dette il definitivo ordine di riaprirle. Cassandro al termine dell'operazione, per l'affaticamento, ebbe anch'esso un mancamento.
Lentamente Rufus ritornò in se. Rocco notando le sue minuscole ali chiese, «ma sei un Muflone alato?»
«Della miglior specie, vuoi vedere il pedigree?», rispose fieramente Rufus.
«Non ce n'è bisogno, me ne intendo di bestie. Una volta conoscevo un muflone alato chiamato Brutus il Selvaggio,

gran bell'esemplare.»
«Era mio nonno.»
«Ricordo che l'unico che riuscì a domarlo fu il nerboruto Sylvester Stallone, che ne fece il suo animale da trasporto. Nel periodo natalizio, Sylvester Stallone si celava sotto le mentite spoglie del leggendario Rambo Natale e, utilizzando la capacità di volare di Brutus, visitava le abitazioni dei bambini per consegnare doni intrufolandosi dal camino. I bambini presero l'abitudine di lasciargli in cambio un piatto proteico a base di bistecche e fagioli.»
«Il nonno mi raccontava spesso questa storia.»
«Bando alle ciance e torniamo a noi. HackerJohn, illustra il piano ai signori.»
HackerJohn si sistemò gli occhiali con il dito indice e cominciò a spiegare. Quando spiegava il giovane pareva molto più sicuro di se, il timbro vocale diveniva più intenso, quasi eccitante, «è uno Yamaha, ha i suoi annetti, ma emette ancora un suono pulito e avvolgente. Potete notare come i tasti neri si incastrano alla perfezione con quelli bianchi, creando un contrasto perfetto. I pedali...»
«Non quel piano!», lo fermò Rocco, «mi riferivo a quello su come sconfiggere Scroto.»
In realtà, le esalazioni tossiche emesse da Rocco avevano mandato in confusione il giovane, il quale, riacquistata la concentrazione, disse, «il piano è tanto geniale quanto semplice. Scroto è un assiduo frequentatore dell'asocial network inventato da Mark Fuckemberg chiamato Backbook, il quale si ispira alle antiche scuole testicolesi in cui a inizio anno accademico, per tradizione, si pubblica un libro con le foto delle natiche di tutti gli alunni, allegando le caratteristiche del soggetto. Scusate, mi sto dilungando troppo con dettagli inutili», il giovane si fermò scuotendo il capo, «Scroto, per poter utilizzare il suo passatempo preferito, ha dotato il Regno delle Cornamuse della rete scrotonet. Purtroppo, la nostra isola è sprovvista di tale connes-

sione, ma qui entro in campo io. Nel castello Scroto ha fatto installare un modem wi-fi potentissimo, in maniera tale da poter usufruire della sua passione virtuale in ogni angolo del regno. Dovrò costruire una parabola che capti il suo segnale wi-fi, scoprire la password, dopodiché il gioco è fatto.»

«Come sarebbe a dire che il gioco è fatto?», chiese Rufus, pensando di essersi lasciato sfuggire qualche passaggio.

«Ti spiego subito. Scroto si è sempre ritenuto un seduttore irresistibile, ama chattare con donzelle che cerca di portare nella sua camera da letto scrotale, purtroppo per lui fino a ora è andato sempre in bianco.»

«Scusami se sono indiscreto, ma come fai a sapere tutte queste notizie?», chiese Sgabort incuriosito.

«È scritto sul copione», rispose HackerJohn. Riprendendo il filo del discorso aggiunse, «dobbiamo creare un falso profilo Backbook e rendere Sgabort una donna che possa suscitare l'interesse di Scroto, non sarà difficile considerando i pessimi gusti dell'individuo. A questo punto, molto probabilmente ti farà un invito a cena che dovrai accettare, così facendo metterai piede nel Regno giocandoti le tue carte, ma fa attenzione perché il gioco è vietato ai minori e può causare dipendenza patologica. Questo è tutto.»

Ci fu un lungo applauso tra l'euforia generale. Isidorco per la felicità distrusse furiosamente il pianoforte con una chitarra, mentre lacrime di gioia sgorgavano sul suo volto.

La tavola fu imbandita. Cenarono tutti insieme ma mangiarono molto poco, non per l'ansia della realizzazione del progetto, ma per il fetore emesso da Rocco, conosciuto anche come "meteorite" poiché lasciava il vuoto attorno a se.

Isidorco, a fine serata, li invitò nel rinomato negozio di dolci "Dolcetti e dolciumi" dei fratelli Mellito, la governatrice decise di restare a casa per motivi facili da comprendere. Al ritorno la trovarono tremante, convinta di avere un problema alla prostata.

Mentre di notte Isidorco sbraitava amorevolmente, Pepito fumava e tossiva, Sgabort Ronfava, Rufus cercava di ricordare, Matilda credeva di aver contratto la sifilide all'occhio destro in una notte di mezza estate e Rocco puzzava, HackerJohn trascorse la nottata a costruire la parabola capta wi-fi che collegò a un antico notebook trovato in cantina. Alle 5,00 del mattino era tutto pronto, c'era solo bisogno di conoscere la password, ma il giovane crollò dal sonno per la stanchezza.

Fu risvegliato circa tre ore più tardi da un tanfo che stava per fargli esplodere le narici. Credo che abbiate intuito chi era arrivato.

Si radunarono tutti in giardino, ufficialmente perché la parabola avrebbe avuto un raggio di azione più ampio per captare il segnale wi-fi, ma in realtà era per attenuare il potere di azione del saggio Zozzo. Matilda indossava otto paia di occhiali da sole per contrastare l'insorgere di una fotopatia immaginaria.

Vennero fatti i collegamenti e tutto funzionava perfettamente. Bisognava conoscere quella maledetta password, altrimenti sarebbe stato un piano ben congegnato ma inutilizzabile.

Passarono ore e ore a provare le password più disparate, da "Scroto re dell'universo", alla combinazione che un idiota darebbe alla propria valigia "12345", ma Scroto sembrava più furbo del previsto.

Mentre provavano con "Scroto cuore impavido", all'arguto Rufus venne un'intuizione, «e se chiedessimo la password all'autore di questa storia?».

«Ma che idea malsana è mai questa?», rispose Rocco il Zozzo contrariato, «aspetta... aspetta... me ne è venuta in mente una migliore... e se chiedessimo la password all'autore di questa storia?»

Tutti osannarono Rocco, mentre Rufus si sentiva depredato della propria idea. Alla fine decise che non importava chi aveva avuto l'intuizione, l'importante era che sarebbe servita a farli uscire da quella situazione di stallo. Aveva davvero un cuore nobile Rufus, quasi come quello di Sylvester Stallone.

«Con tutto il rispetto per Rufus, ma hai da dire ancora tante frasi di elogio su un muflone?», mi chiese Pepito spazientito, «vuoi rivelarci la password o vuoi che venga lì a pigliarti a calci negli stinchi?»

«Calma, calma. Sono sicuro che i tuoi calci mi faranno tanto male, ahahahaha!», scoppiai a ridere facendo arrabbiare ulteriormente la nostra bionda cimice, poi aggiunsi, «guarda che se voglio posso farti diventare un non fumatore», digitando i tasti sulla tastiera, scrissi, "così Pepito un bel giorno decise che era giunto il momento di smet... "

«No, ti prego, le sigarette lasciamele!», mi disse quel gran pezzo di Pepito in tono supplichevole.

«Dai scherzavo. Comunque la password è ZUZZERELLONE.»

«Che razza di pass... », iniziò a dire Pepito, ma poi bloccandosi pensando alle conseguenze disse, «gran bella password. A chi verrebbe mai in mente di scrivere ZUZZERELLONE?»

«Sei un gran bel paraculo», dissi affettuosamente e proseguii la storia.

Tutti si strinsero attorno a HackerJohn mentre digitava ZUZZERELLONE. Attesero senza fiato fino a quando sul monitor comparve la scritta: "accesso negato".

Mi fissarono con sguardo minaccioso. Non vi nascondo che mi preoccupai per la mia incolumità.

«Come siete suscettibili, era una burla, la password è ZUZZURULLONE», dissi per accontentarli.

Frattanto che continuavano a guardarmi incazzosi, HackerJohn digitò ZUZZURULLONE. Dopo qualche secondo sullo schermo fece capolino la scritta: "accesso consentito". Tutti si abbracciarono, tranne Isidorco che per la gioia si autoflagellò.

Gli occhi di HackerJohn si illuminarono di gioia e guardando bene vi era anche una sfumatura maliziosa. Sfregandosi le mani disse, «vi conviene ritornare dentro a preparare Sgabort per le foto, così nel frattempo posso occuparmi della realizzazione del profilo Backbook.»

HackerJohn rimase solo con il suo lavoro. Diciamo così.

Nell'abitazione governativa tutti collaboravano nel rendere Sgabort una bella ragazza, o almeno passabile come tale, già capire la differenza con un muflone sarebbe stata una vittoria, con tutto il rispetto per Rufus.

«Avete rotto con il tirarmi sempre in ballo», disse Rufus protestando.

Matilda e le sue amiche si occuparono della depilazione.

«Pensavo che avrei sentito più dolore», disse Sgabort sollevato.

Ci ragionai su e compresi.

Matilda e le sue amiche si occuparono dell'epilazione.

«Ahia! Scrittore maledetto!», urlò di dolore Sgabort.

Strappo dopo strappo, si riempì di chiazze rosse. Alla fine pareva un grasso commercialista al suo primo giorno di vacanza.

«Chi vuole ben apparire deve pur soffrire», disse Matilda sommersa da strati su strati di strisce epilatorie piene di peli, in quell'istante parve dimenticare la sua ipocondria, dimenticanza che terminò pochi secondi dopo, quando in preda al panico credette di soffrire di amnesia.

Terminata l'epilazione si passò alla vestizione, evento che riportò nella mente di Sgabort e Pepito il ricordo del loro caro amico Temistocle.

"Chissà cosa starà facendo quell'adorabile mattacchione",

pensò Sgabort.

"Hai ragione, chissà cosa starà combinando il nostro saggio amico", pensò Pepito, poi aggiunse, "come mai riesco a sentire i pensieri di Sgabort?"

Sgabort fu vestito con un abito rosso e ricordava una cipolla di Tropea andata a male, similitudine che fece piangere i presenti. Uno spacco sulla parte posteriore dell'abito lasciava intravedere il suo cosciotto cicciotto. I capelli furono nascosti sotto una parrucca bionda.

Per rendere il suo volto e il suo fondoschiena più gradevoli, venne ingaggiato il famoso visagista Djanni Visage, la d è muta, che applicò un trucco permanente utilizzando uno scalpello e una saldatrice.

L'opera sembrava completata, ma mancava un dettaglio, un piccolo dettaglio che non sfuggì alle antenne attente di Pepito che pronunciò, «non dimenticate il papillon!»

Così nacque Sgaborta, una donna in papillon.

Il pomeriggio fu impiegato nella realizzazione di fotografie per riempire il profilo Backbook. La prima foto fu quella delle bianche natiche della nostra nuova eroina sexy, che serviva come immagine principale per stuzzicare Scroto. Poi vennero fatte le altre foto tra cui: Sgaborta al bar con le amiche, Sgaborta che fa un coffee time, Sgaborta che fa un pizza time, Sgaborta che fa un apple's time, Sgaborta che fa un time after time, Sgaborta che fa un wc time, Sgaborta che oggi è arrabbiata, Sgaborta che fa un selfie mentre bacia l'aria, mentre finge di essere sorpresa, mentre sbuffa, mentre pensa a quale sarà il selfie successivo. Oh, cazzo! Viviamo proprio in una brutta epoca.

Quando tutto fu pronto, raggiunsero HackerJohn per portargli il materiale. Il giovane uscì dalla schermata di screen saver, mettendo in luce la pagina di ScrotoPorn sul video virale "Tra l'ufficiale e il gentiluomo".

«Non è come sembra», si difese il giovane, viola dall'imbarazzo.
«Dicono tutti così», replicò scherzosamente Rocco, poggiando una mano sulla spalla del giovane lasciò l'impronta nera delle cinque dita.
Vennero inserite le foto e fu così creato il profilo "Sgaborta Biricchina". Da ora parleremo del nostro eroe usando il genere femminile.
Venne inviata la richiesta di amicizia che fu accettata in pochissimi secondi da Scroto. Questo segnalava, sia la dipendenza di quest'ultimo da tale asocial network, sia i suoi pessimi gusti per le donne.
In breve tempo la conversazione si trasferì prima su scrotapp e poi al telefono.

Tipica conversazione su Backbook.
Scroto: «buongiorno stellina.»
Sgaborta: «buongiorno.»
Scroto: «hanno aperto le porte del paradiso visto che è fuggito un angelo?»
Sgaborta: «mi fai arrossire.»
Scroto: «ti va di venirmi a fare compagnia visto che sono a casa da solo?»
Sgaborta: «mi piacerebbe tanto, ma mi sto depilando le ascelle. Sarà per la prossima volta.»
Scroto: «va bene, stellina.»

Tipica conversazione su Scrotapp.
Scroto: «buongiorno stellina.»
Sgaborta: «buongiorno.»
Scroto: «chi ha rubato due stelle per farne i tuoi occhi?»
Sgaborta: «mi fai arrossire.»
Scroto: «ti va di venirmi a fare compagnia visto che sono a casa da solo?»
Sgaborta: «mi piacerebbe tanto, ma ho appuntamento al

cinema con un'amica per vedere il film "Uno sfilatino alla corte di re Artù". Sarà per la prossima volta.»

Scroto: «va bene, divertiti stellina.»

Tipica conversazione telefonica.

Scroto: «buongiorno stellina.»

Sgaborta: «buongiorno.»

Scroto: «sono accecato dalla bellezza del tuo volto, sapresti indicarmi la strada per arrivare al tuo cuore?»

Sgaborta: «mi fai arrossire.»

Scroto: «ti va di venirmi a fare compagnia visto che sono a casa da solo?»

Sgaborta: «mi piacerebbe tanto, ma sono stata invitata a un combattimento clandestino tra moscerini. Sarà per la prossima volta.»

Scroto: «va bene, stellina.»

I giorni passavano, ma ancora nessun appuntamento era stato ancora fissato. Pepito, stanco di aspettare, disse rabbioso, «ma perché diavolo non hai accettato un appuntamento alla prima proposta? A quest'ora avremmo già liberato il regno.»

«Ma cosa ne capite voi uomini? A noi donne piace essere corteggiate», rispose Sgabort(a) lisciandosi i capelli.

«A parte il fatto che non sei una donna, fortunatamente per l'universo femminile, la prossima volta che ti telefona accetta uno stramaledetto appuntamento, altrimenti ti farò vedere di cosa è capace una cimice furiosa.»

«E va bene, va bene. Ma che fine ha fatto il romanticismo?», sbuffò Sgabort(a).

Pepito, stropicciando una sigaretta dalla rabbia, andò via.

L'indomani, alla conversazione telefonica successiva, Sgabort(a) accettò l'invito. L'incontro avrebbe avuto luogo due giorni dopo.

Scroto, molto cavallerescamente, le chiese se volesse essere passata a prendere con lo scrotocottero, ma Sgabort(a) controvoglia declinò l'invito per non far capire dove risiedesse. Il tragitto sarebbe avvenuto in barca.

Per la gioia della notizia, Scroto diede la giornata libera ai suoi leccapiedi, infatti quella sera fu costretto a farsi un pediluvio per mantenere i suoi piedi morbidi e idratati.

Il paese fu addobbato a festa e il regno fu tappezzato dalle gigantografie delle foto di Sgaborta Biricchina. Foto che causarono nausea, vomito, dissenteria, mancanza di appetito, carestia, emicrania, siccità e la devastante piaga delle locuste sadomaso. Il virus Ebola a confronto sembrava una banale influenza.

Il giorno dell'incontro venne battezzato lo "Sgaborta day" e viene ricordato ancora oggi come uno degli eventi più devastanti mai avvenuti.

La partenza dei nostri eroi fu fissata poco dopo l'alba. A quell'ora, in genere, il vento era calmo e il viaggio avrebbe avuto meno scossoni. I tre salutarono e ringraziarono gli isolani.

«Scommetto che la barca dovrei prestarvela io?», domandò imbestialito Isidorco, fissando Sgabort aggiunse, «ma certo che si, deve viaggiare comoda una signorina tanto soave.»

La barca donata ai tre era piccola e sconquassata, ma rimaneva comunque una soluzione migliore del proseguire a nuoto.

Prima di partire Pepito voleva togliersi un sassolino dalla scarpa e raggiungendo il governatore disse, «grazie per l'ospitalità e vaffanculo.»

«Grazie. Sono molto commosso», rispose Isidorco.

Capitolo 3
La delusione amorosa di Scroto

Il mare calmo diede la possibilità di viaggiare senza intoppi.

Durante il tragitto, Sgabort si faceva bella ed era tutto un fremito, Pepito fumava una sigaretta dietro l'altra guardandolo disgustato e Rufus cercava di volare, ma veniva ripescato dalle acque con cadenza ciclica di cinque minuti. Per l'esasperazione fu legato alla prua.

A circa metà percorso furono spettatori di uno degli spettacoli più belli offerti dalla natura, lo spettacolo gospel dei dugonghi canterini.

Negli ultimi istanti del viaggio anche Pepito venne travestito da donna per non essere riconosciuto. Da ora in avanti cominceremo a parlare della nostra cimice usando il genere femm...

«Prova a utilizzare il femminile parlando di me e vengo lì a prenderti a cinghiate», mi minacciò Pepito.

Decisi di assecondarlo per non urtare la sua sensibilità.

Arrivati all'entrata del regno, citofonarono.

«Chi è?», domandò Scroto vocalmente emozionato.

«Pizza», rispose Sgabort(a).

«Non abbiamo ordinato nessuna pizza.»

«Ma sono io stupidino. Cosa aspetti a farmi entrare?»

«Non sei solo bella, ma anche spiritosa. Mando subito qualcuno a recuperarti.»

Pochi minuti dopo venne aperto il cancello e i tre salirono sulla Scrotomobile giunta a prenderli. Era buio, ma il paese era illuminato a giorno grazie alla luce delle illuminazioni per i giorni di festa offerte dalla Scrotoled, "illumina anche tu il tuo lato oscuro". Una parata militare festeggiò il loro ingresso.

A Pepito si strinse il cuore nel vedere lo stato in cui riversava il Regno delle Cornamuse. Sulle loro teste era ben visibile una cappa di fumo, frutto dell'inquinamento causato dalle industrie della Scroto corporation.

Le persone avevano l'aria triste e spenta, intente a fissare un rettangolo luminoso stretto nelle loro mani. Qualcuno alzò lo sguardo verso la loro direzione, ma lo riabbassò subito per tornare a concentrarsi su quel maledetto scrotophone.

"Bisogna agire subito", pensò Pepito.

"Siamo qui per questo", rispose di rimando Sgabort con la voce della mente.

"Volete smetterla di pensare, mi fate perdere la concentrazione, devo ricordarmi come facevo a volare. Calcolando la velocità del vento e mettendolo in relazione con il mio peso corporeo... Un momento, perché riesco a sentire i vostri pensieri?", chiese pensieroso Rufus.

Lo strampalato scrittore di questo libro strampalato si rese conto che la gag appena descritta era stata proposta qualche pagina prima, ma decise di lasciarla, d'altronde uno che scrive una storia del genere non ha tutte le rotelle a posto.

Appena giunti nella zona circostante al castello, ci fu un drastico cambiamento dell'ambiente, lì la natura era ricca e rigogliosa come un tempo. Scroto il bello voleva tenerlo tutto per se, comportandosi come un qualsiasi tiranno con sete di dominazione universale che dava al proprio popolo braciole e punizioni, scusate volevo dire briciole e punizioni.

Nelle interviste scrotovisive, Scroto utilizzava quell'angolo immerso nella natura per dimostrare all'intero pianeta Piper che il suo regno era un angolo di paradiso dove tutto veniva organizzato alla perfezione e la popolazione viveva felice. Per simulare un popolo gaio, venivano mandate in onda delle immagini di repertorio che parlavano di un piccolo passo dell'uomo, un grande passo per l'umanità.

Scroto li osservava dalla finestra dove teneva i discorsi domenicali e festivi, era in febbricitante attesa per l'incontrare con la donna dei suoi sogni. Se questi erano i sogni, non oso immaginare quali fossero gli incubi che affliggevano quest'uomo. Pochi secondi dopo videro la sua sagoma correre verso l'interno della stanza.

Quando i tre entrarono nella sala Scrotale, lo trovarono seduto in vestaglia sulla poltrona davanti al caminetto mentre sorseggiava il suo Whisky preferito, uno Scrotas Regal invecchiato quindici anni proveniente dalla sua riserva personale.

«Benvenuta nel mio regno amabile donzella, finalmente ho il piacere di incontrarti», disse galantemente Scroto inchinandosi per fare un baciamani. Nell'alzarsi, la vestaglia si aprì, lasciando intravedere il suo busto glabro, grasso e sudaticcio. Si intravide anche la conchiglia reale, il cui diamante era diventato di color azzurro intenso con la scritta full che lampeggiava, segno che la vescica era piena e andava svuotata il più presto possibile, probabilmente a causa dell'emozione. Pepito nel vedere questa scena trattenne a stento un conato di vomito.

«Il piacere è tutto mio», rispose Sgabort(a) in falsetto.

«Chi è questa leggiadra fanciulla che ti accompagna?», chiese Scroto riferendosi alla bionda cimice.

«Lei è Pepita, la mia dama di compagnia.»

«Buonasera signor Scroto, piacere di conoscerla», disse Pepito con voce stridula per simulare una voce femminile.

«Il piacere è tutto mio. Non capita tutti i giorni di incontrare due donne così belle, vederle contemporaneamente è un piacere per la vista», rispose Scroto, «a essere sincero, ho un'avversione per le cimici. In passato una di esse mi ha impedito di conquistare l'universo, ero a un passo dal divenire il re universale. Tuttavia, si vede lontano un miglio che non c'entri nulla con quell'insopportabile insetto.»

"Ahahahahah! Se solo sapessi", sogghignò mentalmente Pepito.

"Sta' zitto! Vuoi farci scoprire!", lo rimproverò Sgabort con la forza del pensiero.

"Non riesco più a trattenere la pipì, devo trovare rapidamente una scusa per andare in bagno", pensò Scroto mentre non riusciva a stare fermo.

"A me non mi presenta nessuno? Vi vergognate di me?», si aggiunse mentalmente Rufus.

«Dimenticavo», disse Sgabort(a) indicando Rufus, «questo è il mio animale da passeggio».

«Piacere, sono Rufus, il muflone alato più bello e intelligente del creato.»

«Molto lieto», rispose Scroto cordialmente sistemandosi il riporto, con tono stupito aggiunse, «non avevo mai visto un muflone parlare, me lo avevano raccontato, ma ho sempre pensato che fosse una storiella da raccontare ai bambini per spaventarli. Scusatemi, ma devo assentarmi un attimo per fare una pi... piccola telefonata. Perdonatemi.».Si allontanò a gambe strette.

La sera andarono al ristorante da "Cencio il cavernicolo", dove Scroto offrì una cenetta romantica a lume di candela. Nel corso della cena, Scroto fece il piedino a Sgabort(a) e ammiccò con lo sguardo per sondare le possibilità di portarla a letto.

«Non si fa questo a una signora al primo appuntamento», disse Sgabort(a) vistosamente in imbarazzo.

Rufus e Pepito sedevano al loro stesso tavolo, Pepito li guardava disgustati.

Terminata la cena, Scroto condusse Sgabort(A) con la Scrotomobile sul belvedere, dove si poteva ammirare ogni

singola sfaccettatura del Regno delle Cornamuse. Industrie e cemento dominavano quella che un tempo era una visione incantevole. Scroto si avvicinò per baciare Sgabort(a) che girò prontamente il suo volto dalla parte opposta.
«Non si cerca di baciare una donna al primo appuntamento», venne ammonito Scroto.
Rufus e Pepito sedevano sui sedili posteriori, Pepito era sempre più disgustato e per il nervosismo cominciò a mangiare sigarette.

Rientrati a casa andarono a dormire. Sgabort(a) cedette alle suppliche di Scroto che la invitò a dormire nello stesso letto, accettò a patto che quest'ultimo tenesse le mani al proprio posto. Promessa che non fu mantenuta quando iniziò ad accarezzarla.
«Una signora non fa certe cose al primo appuntamento», ogni possibilità venne stroncata sul nascere.
«Va bene, va bene. Terrò le mani a posto», disse Scroto rassegnato, «ma si potrebbe dormire senza i tuoi amici sul letto che ci fissano?»
Pepito, ripensando al flaccido Scroto che ci provava con il suo migliore amico, vomitò tutto il cibo ingurgitato più quindici sigarette.

L'indomani mattina, mentre facevano colazione, Sgabort(a) stava bevendo il suo abituale latte di carciofo quando a un tratto iniziò a strozzarsi, tossendo sputò un anello d'oro bianco con un diamante da ventiquattro carati. Scroto lo prese, lo ripulì, glielo infilò nell'anulare della mano sinistra e le chiese, «vuoi sposarmi?»
«Si, lo voglio», rispose Sgabort(a) osservando l'anello mentre Pepito la fissava sbalordito.
Per la felicità, Scroto scese in giardino a tosare il prato danzando sulla schiena di Rufus a ritmo di salsa e merengue.

«Si può sapere cosa diavolo stai combinando?», chiese Pepito.
«Credo che Scroto sia davvero un buon partito.»
«Ma ti rendi conto di quello che dici?»
«Magari metteremo su una bella famigliola e ci godremo i nostri giorni.»
«Ti ascolti quando parli? Non oso immaginare che creature possano uscir fuori da voi due. Hai intenzione di mandare all'aria la missione? Chi salverà il nostro regno? Non pensi più a Bambina?». L'ultima domanda fu decisiva per ridestarlo.
La forza dell'amore riportò Sgabort alla ragione. «BAMBINAAAA!!!!!», urlò rinvigorito.

«Mi è sembrato di udire la voce di Sgabort gridare il nome di mia figlia», disse re Dingo.
«Io non ho sentito nulla, probabilmente senti la sua mancanza», rispose Temistocle fingendo di non aver sentito l'urlo.

«Scusami Pepito, non so cosa mi sia successo, quello Scroto ha un fascino davvero irresistibile», disse Sgabort ritornato in se.
Pepito si batté la fronte con una zampetta sorridendo sollevato. Ritornando serio, disse, «ora dobbiamo trovare il modo di farci condurre dal cornavorio. Una volta lì, sarà una passeggiata farsi beffe del nostro Scroto.»
«Cosa ti ha fatto il mio scroto?», chiese Sgabort.
«Del nostro Scroto, nel senso che... ma perché mi ostino a perdere tempo con un deficiente?»
In quell'istante rientrò Scroto in sella a Rufus.
«Altro che carrozza con cocchiere. Mia cara, sarà Rufus a condurci il giorno del matrimonio.»
«Vi prego fatelo scendere o mi verrà un infarto», disse ansimante la povera bestia.

Scroto saltò giù da Rufus facendo tre capriole, strinse la povera Sgabort(a) tra le sue grasse braccia e avvicinò le labbra alle sue per baciarla, «baciami, stupida!»
Sgabort(a) mise una mano tra loro due dondolando il dito indice in segno di diniego, «per chi mi hai presa? Sono una donna all'antica io. Prima il matrimonio e poi mi concederò.»
«Ma come fai a resistermi?», chiese Scroto accarezzandosi il riporto.
La cimice era sempre più disgustata, ma ormai il suo stomaco si era abituato a quello spettacolo raccapricciante.

Mentre pranzavano, Pepito rivolgendosi a Sgabort fece un cenno con gli occhi per ricordargli di chiedere del cornavorio, Sgabort ammiccò pensando che ci stesse provando.
"Che idiota!", pensò Pepito. Controllando Scroto con lo sguardo, bisbigliò, «chiedigli del cornavorio, cretino!»
Sgabort(a) per convincere Scroto a parlare, lo accarezzò lentamente sul braccio, «mio eroe, qualche giorno fa accennavi al fatto che stavi per diventare il re dell'universo. Cosa te lo ha impedito?»
Scroto raccontò tutta la vicenda parlando del cornavorio, di come avesse inizialmente cercato di convincere con le buone re Dingo il Guerriero, il quale rifiutò la sua proposta di dividere tutto a metà se gli avesse concesso la possibilità di estrapolare le eventuali tracce di DNA orinico dal cornavorio. Raccontò di come, grazie a una sua intuizione alternativa, fosse riuscito a ricavare quel DNA per poi iniettarselo direttamente nelle vene e di come era stato a un passo dal diventare il dominatore dell'universo, ma una maledetta cimice aveva mandato a rotoli i suoi sogni di gloria.
Sgabort(a) ascoltava rapita fingendo di non conoscere la storia, alla fine chiese, «ma il cornavorio si trova in questo castello?»
«Certo cara, in un ripostiglio controllato a vista.»

«Come mai non puoi utilizzarlo?»

«Poichè non è integro, quelle canaglie si son portati via la canna sonora.»

«Lo sai che sono una donna curiosa. Posso vederlo?»

«No, cara. Non ancora. Quando mi sposerai ti ci condurrò», guardando Pepito in versione donzella, aggiunse sussurrando, «con tutto il rispetto per la tua amica, ma non mi fido delle cimici.»

I giorni passarono e le attenzioni di Scroto divenivano sempre più pressanti, ma bisognava resistere.

Arrivò il giorno delle nozze. Scroto in frack aspettava impaziente in chiesa l'arrivo della sua amata, la quale giunse dopo tre ore in abito bianco per testimoniare il suo candore, un velo celava il suo viso angelico agli occhi di Scroto e ripugnante agli occhi dell'intero universo, completava il tutto un papillon bianco.

I testimoni furono Pepita e Rufus per la sposa, mentre per lo sposo furono avidità e sete di potere. Non è colpa mia se Scroto aveva pochi amici.

Terminato il rito di Scrota Romana Chiesa, il prete annunciò, «adesso puoi baciare la sposa.»

Nel volto di Sgabort(a) comparve il terrore, guardò Pepito e Rufus non sapendo come comportarsi. Per fortuna gli balenò in mente un'idea e riferendosi ai presenti disse, «non ho mai baciato nessun uomo nella mia vita e desidererei che questo momento resti intimo, vi chiedo di chiudere gli occhi», guardando Scroto, lo accarezzò sulla pappagorgia e disse, «anche tu tesoro», dopodiché si umidificò la parte superiore dell'indice e medio leccandoli, li posò sulle labbra di Scroto che ignaro di quello che stava succedendo le baciò ardentemente. Dopo interminabili minuti di limonate tra Scroto e due dita, Sgabort(a) ritirò la mano annunciando, «potete riaprire gli occhi.»

«Che donna d'altri tempi!», esclamò Don Ato, il prete a cui

nessuno guardava in bocca.

Ci fu un lungo applauso e commozione. Nessuno alla fine ebbe il coraggio di parlare perché gli invitati erano tenuti sott'occhio dai cecchini di Scroto e se avessero parlato, avrebbero taciuto per sempre.

Si spostarono al ristorante, nella raffinata sala ricevimenti "Dai quattro porci". Scroto dovette fare un mutuo decennale per poterselo permettere, ma era il minimo che potesse fare per poter vedere la sua dama felice, ignaro che con il passare del tempo l'incantesimo si sarebbe spezzato e si sarebbe ritrovato a dormire con una persona sconosciuta su cui in passato aveva proiettato un suo ideale, e gli ideali di quest'uomo erano davvero orridi.

Rufus si prese l'incarico di trasportare i due sposini che non erano di certo due pesi piuma. Giunti a destinazione, il nostro amico alato stramazzò al suolo per la fatica.

"Non so se sia peggio questo o essere corteggiato da un moscone cornuto", pensò tra se e se, rimpiangendo quei momenti.

Il bouquet fu lanciato e la nostra cimice dalla bionda chioma, grazie alle sue potenti ali, riuscì a giungere al bouquet prima delle altre fanciulle. Prendendo i fiori si scambiò uno sguardo di intesa con Rufus, entrambi scoppiarono a ridere imbarazzati dopodiché, ritornando seri, si continuarono a fissare. Che tra i due stesse sbocciando l'amore?

Dopo centottantatré portate ed ettolitri di vino furono chiuse le danze, gli invitati andarono via pieni come uova riempite di uova.

La vita di coppia procedeva sotto la miglior luce. Scroto era impegnato presso le sue multinazionali, mentre Sgabort(a) si prendeva cura della casa. Era riuscita a evitare di fare l'amore con lui ricorrendo al trucchetto della benda, Scroto aveva praticamente fatto l'amore con le cose più impensabili che non starò qua a elencarvi per non incappare nella censura.

"In realtà non sapevo cosa inventarmi", pensai, "ma perché lo sto scrivendo?", mi chiesi.

«Sono settimane che siete sposati, cosa aspetti a convincerlo a farti vedere il cornavorio?», chiese comprensibilmente Pepito, ormai stufo di indossare abiti femminili.

«Mi rifiuto categoricamente di portare ancora in giro le sue chiappe flosce», si ribellò Rufus appena ristabilitosi da un mal di schiena lancinante.

«Lo so, ma il fatto è che dentro un uomo con una folle voglia di potere, in realtà si nasconde un uomo premuroso che si prende cura di me.»

«Torna in te!», disse Pepito schiaffeggiandolo.

Sgabort(a) fu inseguita da Rufus che voleva cornificarlo.

«Scherzavo, scherzavo, domani quando rientrerà da Scrotham City gliene parlerò, prometto», cercò di convincerli implorandoli, ma non ci fu verso di placare la loro ira. Ci vollero quarantadue chilometri e centonovantacinque metri per far sbollentare la rabbia dei due esseri alati. Al termine dell'inseguimento, un giudice proclamò Sgabort(a) vincitrice.

Dopo la consegna della medaglia, dovettero ripercorrere la strada al contrario. Per punizione Sgabort(a) fu costretta a trasportarli sulle spalle indossando tacchi a spillo. Poiché ritornarono a tarda ora per preparare da mangiare, dovette offrirgli una cena da Burger Scroto, "i vostri hamburger preferiti fatti con i peggiori scarti selezionati da noi."

L'indomani, dopo la cena, Sgabort(a) si avvicinò a Scroto con fare provocante, sembrava una pantera obesa appena caduta da un albero. Guardando i suoi due amici, disse, «stasera io e Scroto vorremmo restare soli.»

Pepito e Rufus andarono via. Pepito non resistette e vomitò per tutto il percorso.

Rimasti da soli, andarono nella camera da letto con Scroto straeccitato, Sgabort(a) si accomodò tra le sue braccia. Lo so è una brutta immagine, scusatemi.

Tra una coccola e una carezza, Sgabort(a) sussurrò con voce provocante, «tesoro, ho sempre sognato di vedere lo strumento per conquistare l'universo. Mi terresti contenta?»

Scroto cominciò con l'abbassarsi la conchiglia reale.

«Non intendevo quello, caro. Mi riferivo al cornavorio», disse Sgabort(a) imbarazzata.

L'entusiasmo di Scroto fu smorzato e stringendo una benda tra le mani domandò, «perché non facciamo prima l'amore e poi ci andiamo?»

«Ho voglia di vedere il cornavorio, sono impaziente...», disse Sgabort(a) giocando con i peli delle braccia del suo uomo, «... e ti prometto che questa notte non avrai bisogno di bendarti.»

«Al ripostiglio!», urlò Scroto allupatissimo.

Pensando a una notte di sesso tra i due, dovetti correre al bagno, infilare la testa nel wc e rigurgitare anche l'anima. Lo so è un dettaglio che avrei potuto risparmiarvi, ma perché non rendervi partecipi?

Arrivati davanti alla porta del ripostiglio, Scroto batté le mani e i suoi leccapiedi abbassarono le spade, inserì la chiave nella toppa di una porta massiccia e diede tre giri che riecheggiarono secchi nelle loro orecchie. La porta fu aperta, le pareti erano piene di scaffalature su cui erano adagiati i pupazzetti reali, al centro della stanza c'era il cornavorio custodito in una teca di vetro blindato, davanti a essa, a fare da guardia, c'era un coccodrillo mutato geneticamente conosciuto come il famigerato scroccodrillo.

«Avete soldi spiccioli? Una sigaretta?», disse lo scroccodrillo avvicinandosi a loro.

«A cuccia!», ordinò Scroto, comando eseguito rapidamente dal rettile.

Scroto, per proteggere il cornavorio da mani indiscrete, aveva dato ordine ai suoi scienziati di modificare geneticamente un cucciolo di coccodrillo per renderlo cento volte più vorace. Malauguratamente il cucciolo scappò rifugiandosi nella metropolitana di Scrotham City, per sopravvivere dovette imparare l'arte dello scrocco.

Lo ritrovarono che vagava tormentando i malcapitati pendolari, purtroppo non ci fu più nulla da fare. Scroto riuscì a capovolgere la situazione a suo favore, capendo che era divenuto un animale davvero micidiale.

Recuperarlo fu un'ardua impresa. I leccapiedi incaricati di riportarlo a casa, per giorni ritornarono a mani e tasche vuote. Quando Scroto sorprese due di loro a preparare del cibo, dopo essere stati convinti dal coccodrillo, mandò tutti a quel paese decidendo di occuparsene in prima persona. Munito di tappi per le orecchie e nastro adesivo per bloccargli la mandibola, si diresse in metropolitana con lo scopo di riprenderlo. L'impresa riuscì perfettamente e Scroto ritornò a casa esultante trascinando il rettile per la coda.

L'animale, per via delle sue doti, venne ribattezzato scroccodrillo, diventando uno dei predatori più temuti del pianeta Piper e dintorni.

La pesante porta rimase socchiusa dietro di loro. Sgabort(a) fissava stupefatta il cornavorio.

«Ecco questo è il cornavorio, visto ti ho tenuta contenta. Perché non ci stendiamo qui e facciamo l'amore?»

«Un attimo solo», disse Sgabort(a). Girandosi di schiena e armeggiando con cotone e struccante si ripulì la faccia, dopodiché si rigirò togliendosi la parrucca, sguainò una spada dalla borsetta e disse, «in guardia!»

«co... cosa sta succedendo?», balbettò Scroto incredulo mentre la sua pappagorgia ondeggiava come un budino.
«Preparati a combattere, mio caro», lo sbeffeggiò Sgabort.
«Dimmi che stai scherzando, Sgaborta cara», disse il tiranno con il cuore a pezzi.
«Io non mi chiamo Sgaborta ma Sgabort, discendente d'Orino», rivolgendosi a me aggiunse, «è ora di piantarla di farmi fare la donna. Come faranno a portare questi tacchi non lo capirò mai.»
«Avrei dovuto immaginarlo, in tutti questi mesi non hai mai avuto una mestruazione», ragionandosi su aggiunse, «quindi... quindi ho fatto l'amore con un uomo... e mi è pure piaciuto. Maledetto la pagherai!»
«Consolati pensando che noi due non abbiamo mai fatto sesso, ma bendandoti lo hai fatto con gli oggetti più impensabili che non ti elencherò per evitare problemi con la censura.»
Scroto tirò fuori una spada dalla conchiglia reale ed ebbe inizio il duello tra un uomo in babydoll e un uomo in vestaglia. Un vero scempio per la vista.
Alcuni minuti dopo entrarono nella stanza anche Rufus e Pepito, i quali erano riusciti a prevalere sugli scagnozzi a guardia del ripostiglio.
«Eccoci, siamo arrivati!», disse Pepito sventolando la sua chioma aurea.
«Avrei preferito veder arrivare un nano e un elfo, ma mi accontento», rispose Sgabort con ironia.
«Bel ringraziamento!», esclamarono all'unisono risentiti Rufus e Pepito.
«Scherzavo, come siete diventati permalosi! Come mai ci avete messo tanto tempo?», chiese Sgabort mentre cercava di tenere a bada Scroto, il quale, nonostante la sua mole, si dimostrava un abile spadaccino.
«Ho dovuto togliermi di dosso quei ridicoli abiti femminili e struccarmi. Un vero uomo combatte con dignità.»

«Non venirmi a fare la morale», disse Sgabort sentendosi chiamato in causa, «datemi una mano piuttosto.»
Uno dei leccapiedi di Scroto riuscì a riprendersi e a dare l'allarme, il segnale acustico si diffuse in tutto il regno, centinaia di uomini armati di spada si diressero ad aiutare il loro capo. I nostri eroi tra pochi minuti sarebbero stati spacciati come la marijuana in un freddo pomeriggio invernale all'uscita di un liceo.

Intanto, all'ingresso del Regno delle Cornamuse.
«Chi devo prendere a calci nel sedere per aver avuto la scellerata pensata di spingerci fin qui?», chiese Isidorco scuotendo i pugni.
«Te stesso signore. Sei stato tu a dire che Sgabort avrebbe potuto avere bisogno del nostro aiuto», rispose Rocco il Zozzo.
Isidorco incominciò a prendersi a calci da solo, dovettero intervenire diverse persone per calmarlo. Una volta calmatosi constatò, «un momento perché mi prendo a calci? Ho avuto una nobile idea.»
Rocco il Zozzo citofonò. Dopo una lunga attesa una voce rispose, «scusate l'attesa, ma stiamo cercando di risolvere un piccolissimo problema. Con chi parlo?»
«Siamo della società elettrica nazionale, avremmo da proporle una tariffa elettrica migliore rispetto a quella di cui usufruisce attualmente. Potrebbe farci entrare cortesemente?», improvvisò Rocco.
«So come funziona, vi faccio entrare e voi mi truffate. Proprio l'altro giorno ho visto il servizio allo scrotogiornale», la cornetta del citofono venne riagganciata.
«Andiamocene via, non mi va di stare qui, che se la cavi da solo quell'imbecille! Ci vuole un'idea e alla svelta! Il ragazzo potrebbe essere in pericolo», disse Isidorco sempre più lunatico.
«Ho trovato!», esclamò Rocco, «tutti a terra!», si tolse la

sua lurida maglia, alzò le braccia al cielo per dare massima potenza al tanfo ascellare e per rincarare la dose alitò contemporaneamente. Ci fu un potentissimo spostamento d'aria putrida che spazzò via il robusto cancello, disintegrando tutto ciò che si trovava nel raggio di cinquanta metri. Adesso il passaggio era libero.

La compagnia degli strambi procedeva compatta. Sulla loro strada comparvero due signore che chiacchieravano tenendo i loro bambini al guinzaglio.

«Che razza di posto è mai questo!», esclamò il saggio Rocco sbalordito. Si avvicinò a loro e con la spada tagliò le corde liberando gli infanti. «Andate bambini! Siate liberi!»

I pargoli corsero via felici e iniziarono a giocare tra di loro.

«Non mi sorprenderei se adesso vedessi passare un cane a cui fanno indossare il cappottino», concluse Rocco scuotendo il capo.

Le persone incontrate sul loro passaggio, in balia della narcotizzazione scrotophonica, non opposero resistenza.

Giunti all'entrata del castello, cercarono di aprire le porte spingendo con gran forza, ma non si aprirono.

Ricordando la scena precedente, Rocco esclamò, «copritevi bene!»

«Un momento, un momento», intervenne HackerJohn, il quale aprì la porta tirandola verso di se.

«Come hai fatto? Non dirmi che sei magico», disse Rocco non credendo ai propri occhi.

«Non sono magico. Sulla porta c'è scritto tirare e io ho semplicemente tirato», rispose timidamente HackerJohn.

Corsero tutti all'interno fermandosi davanti al gabbiotto del portiere.

Rocco rivolgendosi all'uomo disse, «salve, brav'uomo. Potrebbe indicarci dove si svolge il combattimento.»

«Avete l'invito?»
Rocco guardò Isidorco, «hai portato l'invito, vero?»
«Doveva pensarci Cassandro.»
«In realtà stavo andando a prenderlo, ma poi lei mi ha detto di lasciar perdere», disse Cassandro vestito come un pinguino guerriero, assumendo una posizione di difesa in attesa di un attacco di carezze violente da parte del governatore.
«Hai ragione. Avrò cambiato idea senza riferirtelo», disse Isidorco in un momento di lucidità mentale, «cosa facciamo adesso? Torniamo indietro a prenderlo?»
«Non ci penso minimamente, ho un callo sotto il piede che mi sta torturando», si lamentò Rocco e posando la punta della spada sul collo del portiere, disse, «facci passare se ci tieni alla vita!»
«Calma, calma, se vi lascio proseguire potrei perdere il posto di lavoro e ho quattro figli e una moglie rompipalle a cui devo provvedere. Cerchiamo di trovare una soluzione», rispose il portiere sforzandosi di rimanere calmo, «faccio una telefonata», alzò la cornetta componendo un numero telefonico, «ci sono degli illustri ospiti che hanno dimenticato l'invito. Cosa si può fare? Mmmm... mmmm... capisco... va bene riferirò.». Riattaccò la cornetta e tornando a parlare con Isidorco disse, «buone notizie, non si potrebbe farvi entrare, ma per questa volta faremo un'eccezione. Mi raccomando a non raccontarlo in giro. Mi dite i vostri nomi, così li posso depennare dalla lista.»
«Isidorco e i suoi uomini, se non erro.»
«Mmmm... vediamo, vediamo. Qui ho un certo Isidorco e la sua sgangherata gang.»
«Siamo noi.»
«Bene, bene. Terzo piano, interno sei. Vi auguro una buona giornata.»
«Buona giornata a lei.»
«All'assalto!», urlò Isidorco, "ho sempre sognato di dirlo",

pensò.

«E se prendessimo l'ascensore?», chiese Rocco.

Tutti pensarono a cosa sarebbe potuto succedere stando con Rocco e la sua puzza in pochi metri quadri, si scambiarono uno sguardo di intesa, dopodiché Isidorco riferì, «meglio fare le scale, così ci teniamo in forma in vista del combattimento», poi proclamò nuovamente, «all'assalto!», "due volte nella stessa giornata è un record".

Quando arrivarono, trovarono i nostri eroi alle strette che cercavano di barcamenarsi tra decine di uomini.

Isidorco e i suoi uomini si unirono alla disputa. Vedendoli Sgabort si tranquillizzò.

Cercando di non farsi sopraffare dall'onnipotente Scroto, il ragazzo chiese, «come facevate a sapere che avremmo avuto bisogno di un aiuto in questo preciso istante?»

«Stavo riparando un tostapane, quando a un tratto sono stato colpito da una scossa elettrica premonitrice che mi ha fornito la visione del vostro combattimento», spiegò HackerJohn.

«Come mai non siete venuti al matrimonio?», domandò Sgabort risentito.

«Vorrei saperlo anch'io», aggiunse Scroto, «potevate almeno avvisare per disdire la prenotazione del tavolo.»

«Avevo l'abito in tintoria. Per un diverbio con me stesso mi sono ridotto all'ultimo momento per ritirarlo e quel giorno l'attività era chiusa per jogging.», si giustificò Isidorco.

In realtà, non era andato per non trovarsi immischiato in quei maledetti trenini danzanti che si muovevano a ritmo di Brigitte Bardot.

«Comunque, vi abbiamo portato come regalo un frullatore a immersione, ma l'ho dimenticato in barca. Mando Cassandro a prenderlo?»

«Non mi sembra il momento più adatto. Perché anziché parlare non ci aiutate a combattere?»

Isidorco e la sua strampalata gang si intromisero nel combattimento. Rufus e Pepito trovarono subito dei validi alleati.

«Era ora che muoveste il culo per darci una mano!», disse Pepito cercando di domare un esercito di blatte.

Mentre Sgabort se la vedeva con Scroto all'interno del ripostiglio, gli altri se la vedevano con un esercito ben fornito all'esterno di esso. I nostri amici erano dei valorosi combattenti e i maldestri uomini di Scroto caddero uno alla volta.

«Voi due andate ad aiutare Sgabort, mentre noi andiamo a liberare i prigionieri», ordinò Rocco rivolgendosi a Rufus e Pepito.

I due esseri alati raggiunsero Sgabort. Il tiranno, sentendosi con le spalle al muro, lasciò cadere la spada e si accasciò per terra in segno di resa, ma aveva un'ultima carta da giocare, rivolgendosi allo scroccodrillo ordinò, «attacca!».

Il rettile si avvicinò rilassato verso i nostri amici. Il primo a sfidarlo fu Pepito, pronto ad attaccarlo con la sua minuscola spada.

«In guardia!»

«Hai della moneta?»

«No, mi spiace», rispose Pepito controllando le tasche.

«Controlla meglio.»

«Ti ho detto che non ne ho.»

«Ce l'hai qualcosa da mangiare?»

«Ma ti pare che durante una contesa mi porti dietro del cibo?»

Sgabort vedendo Pepito in difficoltà, lo raggiunse per dargli una mano. «Rufus, non perdere d'occhio Scroto», si raccomandò.

«E tu ce l'hai una moneta? Dovrei comprare un biglietto per il bus e mi manca giusto una corona sonora», chiese lo scroccodrillo vedendo un altro potenziale pollo da poter spennare.

«Vorrei aiutarti, ma ho dimenticato di prendere il portafoglio.»

«Controlla meglio, altrimenti non posso tornare a casa.»

«No, sono rammaricato», rispose Sgabort controllando nella sottana.

«E una sigarettina?»

«Per mia fortuna non fumo, ma il mio amico potrebbe offrirtene una, ha una scorta infinita.»

«Quando imparerai a farti gli affaracci tuoi! Non ci penso neanche lontanamente a dargli una sigaretta», si lagnò Pepito.

«Dai biondino, offrimi una sigaretta.»

I tentativi di scrocco durarono diversi minuti che parvero un'eternità. I nostri due amici crollarono al suolo per lo sfinimento.

Adesso tutto era nelle corna di Rufus. Un dubbio amletico prese vita tra i suoi pensieri, tenere d'occhio Scroto ormai innocuo o salvare i suoi amici? Dopo averci riflettuto bene fu propenso per la seconda opzione, grazie alla sua intelligenza aveva compreso come contrastare il famigerato scroccodrillo.

«Ehi giovane, hai soldi spiccioli? Non sono per me, ma a due isolati da qui c'è un bambino a cui servono per comprarsi un panino.»

«Mi spiace non ce li ho, tu invece avresti da darmi una sigaretta?», rispose Rufus mettendo in pratica il suo piano.

«No, Spiacente. Ne ho appena chiesta una a quel tizio biondo svenuto, ma non ha voluto offrirmela.»

«Mi pagheresti un caffè?»

«Mi spiace. Non ho soldi con me.»

«Controlla meglio.»

«Ti ho già detto di non averne. Fidati.»

«E qualcosa da mangiare ce l'hai?»

«No. Non vado in giro con il cibo in tasca.»

«Non è che per caso ti avanza un biglietto per la metropolitana?»

Lo scroccodrillo fu destabilizzato, «aspetta un momento, questo è quello che faccio tutti i giorni ai poveri malcapitati che mi passano davanti? Non è piacevole. Da oggi cambio vita.»

Uscito dal castello, fondò una onlus per il recupero psicologico degli scroccati cronici.

Rufus, si avvicinò ai suoi amici per aiutarli a rialzarsi. Scroto, approfittando della situazione, si diresse quatto quatto verso la via di fuga, giunto in prossimità della porta disse, «non finisce qui! sentirete ancora parlare dell'onnipotente Scroto e vi inchinerete dinnanzi a me! Allo scrotoplano!»

Alcuni istanti dopo si udì il rumore di un velivolo lasciare il Regno delle Cornamuse, si spera una volta per tutte.

Pepito e Sgabort erano ancora un po' intontiti quando davanti a loro si palesò un varco spazio temporale da cui uscirono il saggio Temistocle e re Dingo.

I tre amici rimasero meravigliati. «Ma cosa diavolo sta succedendo?», chiesero in maniera unanime.

«Ho appena inventato le liquirizie del teletrasporto, o meglio le avevo inventate qualche mese fa ma, a causa della lenta burocrazia, mi hanno appena approvato il brevetto, nell'attesa non le ho potute utilizzare per paura che mi scippassero l'idea. Mi auguro di non essere arrivati in ritardo», rispose Temistocle.

«In realtà sareste un tantino fuori tempo, ma ormai ha poca importanza visto che per un po' Scroto sarà occupato a leccarsi le ferite», riferì Sgabort con sguardo fiero.

«Ragazzo mio, ma come ti sei conciato?», chiese Temistocle vedendo il nostro eroe in tacchi e babydoll, «bisogna rimediare subito.»

In men che non si dica Sgabort ritornò a indossare gli indumenti a lui più consoni.

Capitolo 4
Sgabort e Bambina

Sgabort tornò presentabile giusto in tempo, poiché pochi secondi dopo ritornarono Isidorco con la sua gang in compagnia della regina Esmeralda e della principessa Bambina, se quest'ultima lo avesse visto nello stato in cui si trovava pochi minuti prima, sicuramente avrebbe provato un forte ribrezzo. Ricordiamoci che Sgabort già nei suoi abiti usuali faceva una certa impressione, fortunatamente il papillon dava un tocco di classe.

Le due donne corsero ad abbracciare re Dingo dopo cinque anni di lontananza.

«Visto che tutto si è risolto?», le rassicurò il re.

«Grazie papà, non avevo dubbi», rispose Bambina con la sua dolcissima voce.

Sgabort la guardava incantato. «Senti anche tu questo rumore?», chiese a Pepito.

«Quale rumore.»

«Allora è solo il suono del mio cuore che batte all'impazzata.»

«Che idiota!», rispose Pepito, notando il suo amico sospirare vittima della freccia di Cupido.

«Vi presento chi ci ha condotti alla vittoria», annunciò il re alle due donne indicando Sgabort.

«Piacere di conoscerti. Io sono la regina Esmeralda», disse la regina Esmeralda.

«Lo avevamo capito che stava parlando lei», mi rimproverò Sgabort e poi inchinandosi disse, «il piacere è tutto mio.»

La Regina era una bella donna, lunghi capelli biondi le cadevano sulle spalle, occhi verdi smeraldo ipnotizzavano per la loro intensità. Era almeno venti centimetri più alta di re Dingo, il quale per non far sembrare il difetto, quando erano insieme, era costretto a indossare scarpe con tacco dodici.

Sgabort rimase paralizzato davanti alla sua bellezza, ma la sua attenzione fu presto catturata da una creatura ancora più deliziosa.

«Io sono la principessa Bambina. Lieto di conoscerti.»

«Il lietore è tutto mio», rispose Sgabort in preda all'emozione.

«Potevi venirmi a liberare prima», disse scherzando Bambina lanciando uno sguardo di intesa.

«Non riuscivo a ricordare dove avevo lasciato le chiavi», Sgabort rispose allo scherzo e le poggiò una mano sulla spalla.

Quel contatto gli cambiò la vita. Sentì istantaneamente di volerle bene, gli sembrava come se la sua anima avesse incontrato un vecchio amore, non capiva cosa stesse succedendo ma era in estasi. Il suo cuore batteva sempre più forte e non riusciva a toglierle gli occhi di dosso, mentre la sua mente immaginava di tenerla per mano e volare nell'universo infinito senza una meta prefissata. Da quel giorno nulla sarebbe stato più lo stesso.

«Allora cosa pensi di fare ragazzo?», domandò re Dingo.

«Cosa ne pensi di cosa?», chiese Sgabort ritornando alla realtà.

«Non hai ascoltato quello che ti ho appena detto?»

«Chiedo scusa, ma ero distratto», sorrise timidamente guardando Bambina.

«Dicevo, adesso che abbiamo recuperato il cornavorio, dovresti decidere cosa farne visto che in un certo senso è di proprietà della tua famiglia.»

Re Dingo Arricciando il naso a causa di un odore sgradevole, si rese conto della presenza degli abitanti dell'Isola del Faro a Pedali, «Carissimi, come va?»

Il re e Temistocle si avvicinarono a Isidorco e la sua gang per ringraziarli.

«Ti trovo in gran forma, vecchio mio», disse il re rivolgendosi a Isidorco.

«Vorrei poter dire lo stesso di te, ho rischiato le mie chiappe per salvare le tue, ma l'ho fatto con vero piacere.»

«Non sei cambiato affatto», disse il re ridendo.

«Invece Rocco il Zozzo è cambiato, si è evoluto. Puzza più di un tempo», disse Temistocle con tono sarcastico mentre gli stringeva la mano in segno di gratitudine. Adesso non gli importava più nulla dell'aspetto trasandato e della scarsa igiene, si era dimostrato un amico nonostante lui in passato lo avesse allontanato. Si rese conto che il suo comportamento fu poco saggio per un saggio.

«So cosa fare!», disse fermamente Sgabort attirando l'attenzione dei presenti. Stringendo in mano la canna sonora si avvicinò al cornavorio, la montò e iniziò a suonare.

Mentre il suono si diffondeva uscendo dalla stanza e avvolgendo l'intero reame, Sgabort immaginava il regno ritornare al suo antico splendore con un popolo felice e un re giusto. Come per incanto ogni suo pensiero prese vita.

Quando tutto ritornò al proprio posto, il nostro eroe prese la decisione più consona, immaginò che il dio Orino fosse lì per potergli rendere il cornavorio.

«Dove mi trovo? Credevo di essere entrato in bagno», disse frastornato l'imponente Orino mentre si risistemava velocemente i pantaloni. Non era il momento più adatto per chiamarlo in causa.

«Mi spiace disturbarla signore, ma ho qui una cosa che le appartiene», disse Sgabort consegnandogli il cornavorio.

Orino strinse l'oggetto tra le sue braccia. Gli tornò in mente Sterky, il suo compagno di mille avventure. Commosso disse, «erano secoli che lo cercavo. Come posso sdebitarmi?»

«Non voglio niente in cambio, le chiedo solo di fare più attenzione perché se uno strumento del genere dovesse finire nelle mani sbagliate, metterebbe in pericolo l'intero universo.»

«Prometto che non capiterà più.»

Temistocle si avvicinò a Sgabort e gli diede una pacca sulla spalla, «saggia decisione ragazzo, hai dimostrato di essere un puro di cuore.»

«Ho solo fatto il mio dovere, chiunque al mio posto si sarebbe comportato nello stesso modo.»

«Non tutti figliolo, non tutti. Il potere può creare sete ai dissetati e fame ai sazi.»

«A proposito di fame, quando si mangia? Questa giornata movimentata mi ha messo un certo languorino», chiese Sgabort sentendo il suo stomaco lagnarsi.

Tutti i presenti scoppiarono in una fragorosa risata.

«Che si diano inizi ai festeggiamenti!», proclamò re Dingo. «E voi sarete nostri ospiti», disse riferendosi a Orino e agli isolani.

Mentre si incamminavano verso l'uscita del ripostiglio, nel vedere il re fermo, Temistocle domandò, «non vieni con noi?»

«Vi raggiungo subito, è da tanto tempo che non mi rilasso con i miei giocattoli.»

«Capisco.»

Il re passò le successive tre ore a giocare con i suoi adorati pupazzetti, mentre lacrime di gioia rischiarono di annegarlo.

Dopo una lunga abbuffata, uscirono tutti in giardino per ballare, alla consolle venne ingaggiato dj Spurgo direttamente da Radio Feccia, "il peggio della musica passa solo qui da noi". L'atmosfera festosa spazzò via anni di sofferenze.

Arrivò il momento delle ballate e sulle note di "Lift to

heaven", Sgabort si avvicinò a Bambina, vestita con un delizioso abito giallo, e le chiese, «le va di realizzare il sogno di un umile servitore? Potrei avere l'onore di invitare a ballare un'incantevole principessa?»

«L'onore è tutto mio, valido cavaliere», rispose Bambina abbracciandolo.

Incominciarono a danzare, nella mente di Sgabort scomparve tutto ciò che lo circondava, al suo posto presero vita un arcobaleno e una cascata che trascinava con se acqua purissima. Ballando strinse intensamente bambina, aveva paura che fosse irreale.

«Vorrei che questo ballo fosse eterno», disse sussurrandole nell'orecchio.

Lei non disse nulla, ma il rossore del suo volto parlava per lei.

«In questo momento non ho le farfalle nello stomaco, ma un intero stormo di fenici che ritornano in vita.»

«Come sei romantico», disse Bambina e lo baciò delicatamente sulla guancia. Questa volta fu lui ad arrossire.

A pochi metri da loro il re li osservava, avvicinandosi a Temistocle, con la gelosia tipica di un padre, chiese, «secondo te tra quei due sta nascendo qualcosa?»

«Lascia che il ragazzo si goda il suo momento di gloria», rispose il saggio mentre sorseggiava il suo Bloody Mario.

«Hai ragione. Sarà anche brutto, ma ha dimostrato di essere puro e coraggioso, sono stato stupito anche dalla sua inaspettata saggezza. Chi lo avrebbe mai detto? Appena conosciuto non avrei scommesso neanche un centesimo bucato su di lui.»

«Io ho puntato cento corone sonore e ho vinto un bel gruzzoletto. Era quotato mille a uno.»

Il ballo finì portando via con se cascate e arcobaleni. Sgabort per la forte emozione faticò ad addormentarsi, ma quando il sonno arrivò lo condusse da Bambina e lui poté tenerla per mano. Appena riaprì gli occhi dalla sua bocca uscì inconsciamente, «Bambina ti amo.»

Al mattino, Isidorco, la strampalata gang e Orino lasciarono il regno, tutto il popolo si radunò nel giardino reale per render loro omaggio.

Orino, prima di salutarli, spiegò la sua "teoria dell'attesa", «quando si attende qualcuno che fa ritardo, appena si va in bagno per fare un bisognino o suona il citofono o squilla il telefonino.»

«Ha ragione!». «Non ci avevo mai fatto caso!». «Si vede che ha studiato molto per diventare un dio.». Furono alcuni dei commenti degli ascoltatori.

Gli ospiti vennero ringraziati e salutati, re Dingo ricordò che sarebbero stati sempre i benvenuti.

«Come torni a casa?», chiese Isidorco a Orino.

«Volando. Ho appena terminato il rodaggio e adesso posso raggiungere la velocità supersonica», rispose il dio.

«Ci daresti uno strappo?»

«Certo, salite sul dorso.»

Dopo aver caricato tutti sulle spalle, Orino stava per decollare, ma la voce di Sgabort lo fermò, «dimentica questo signore», allungando le mani gli consegnò il cornavorio.

«Bravo! Volevo testare la tua attenzione», rispose Orino in vistoso imbarazzo.

Sgabort finse di credergli non infierendo, in fin dei conti era pur sempre un dio.

Orino partì e un rombo rimbombò per tutto il regno facendo tremare le finestre delle abitazioni.

«Secondo me ha il motore truccato», osservò Pepito distribuendo cerchi in aria con il fumo della sigaretta.

Il giardino si svuotò. Sgabort ebbe la possibilità di raggiungere Bambina per poterle parlare. Ogni volta che le si avvicinava doveva domare la sua timidezza, in passato in situazioni del genere sarebbe scappato, ma con lei sarebbe stato diverso. Questa volta avrebbe vinto lui.

Fingendosi sicuro, le chiese, «ti va di cenare fuori insieme questa sera?»

«Questa sera non posso. Sono stata tanto tempo in una cella e vorrei riambientarmi a vivere nella mia casa. Si potrebbe fare un altro giorno.»

«Capisco», rispose Sgabort sentendosi rifiutato. L'ostentata sicurezza lasciò il posto alla delusione.

«Ti prometto che un giorno di questi ci andremo», disse Bambina per rassicurarlo e avvicinò la bocca alla sua guancia per baciarlo.

«Come farò a sapere quale sarà il giorno?»

«Verrò a cercarti io.»

«Quando succederà, ricordati che mi sono trasferito a casa di Temistocle.»

«Lo so.»

«Non ti chiederò più di uscire per non risultare invadente, ma sappi che attenderò impazientemente quel momento sapendo che ti potrò riabbracciare».

Si fissarono negli occhi scambiandosi un sorriso, lui non poté fare a meno di stringerla forte a se.

«Che dolci», disse regina Esmeralda al re, notando la scena.

«Mi riporta alla mente l'inizio della nostra storia d'amore. Ormai sono passati tanti anni, ma ti amo ancora come allora», rispose il re sentendo scorrere il romanticismo nelle vene. La baciò in punta di piedi stringendole le mani. Quel giorno non indossava i tacchi e francamente non gliene importava nulla.

I giorni seguenti furono un autentico calvario per Sgabort. La sua principessa era divenuta una regina, la regina dei suoi pensieri.

Nella sua mente riviveva i pochi momenti passati insieme

e ne creava di nuovi, pieni di dolcezza e romanticismo, con conversazioni che avrebbe voluto tanto intraprendere.

Pepito si accorse del cambiamento del suo amico, il quale era seduto a meditare sulla riva del mare con lo sguardo perso verso l'orizzonte. Avvicinadosi a lui, chiese, «c'è qualcosa che non va?»

«Si, amico mio. Come può un sentimento così nobile provocare tanta sofferenza?»

«Non è l'amore a provocare sofferenza, ma l'attesa.»

«Vedi Pepito, io amo Bambina incondizionatamente, lei ai miei occhi è una dea e io sono conscio che non ho nulla da offrirle a parte il mio affetto. Voglio la sua felicità e non mi importa se un giorno condivideremo una relazione amorosa o meno, ma non ce la faccio a vivere senza vederla. Pensare che un giorno potrebbe uscire dalla mia vita mi riempie di tristezza.»

Pepito lo guardò riflessivo ed estraendo una sigaretta dal pacchetto disse, «tu hai da offrirle affetto e questa è una gran bella cosa. Non pensare se non ci sarà in futuro, goditela adesso che ne hai la possibilità, vi conoscete da poco e sono sicuro che, se vorrete, costruirete qualcosa senza eguali. Credo che tu ti stia facendo un sacco di seghe mentali, dove è finito il ragazzo spensierato che conoscevo?»

Sgabort accennò un sorriso, «hai ragione, ascolterò il tuo consiglio, a volte sei più saggio di Temistocle. Grazie amico mio.»

«Non ringraziarmi, idiota. Servono a questo gli amici», disse Pepito strizzando un occhio.

«A dispetto delle dimensioni sei un grande amico.»

Mentre Sgabort accarezzava la bionda chioma di Pepito, vennero raggiunti da Rufus che arrivò correndo, «ragazzi, mi sono ricordato come si vola», comunicò vittorioso.

«E per quale oscura ragione arrivi correndo?», chiese Pepito.

Rufus ci pensò un attimo, poi prendendo il volo disse,

«hai ragione, mi ci devo ancora abituare.»
«Come ci sei riuscito?», domandò Sgabort incuriosito.
«Quando volo non devo pensare che volo.»
Nel frattempo che Sgabort e Pepito stavano cercando di dare un senso a quest'ultima affermazione, Rufus disse, «saltate in groppa che è ora di cena, quest'oggi vi riaccompagno io a casa.»
Arrivati a casa, si sedettero a tavola per cenare. Mentre consumavano il pasto e chiacchieravano, Temistocle notò che Sgabort a differenza del solito era taciturno, gli venne in mente la visita ricevuta nel pomeriggio e disse, «mi stavo dimenticando di informarti che è passata Bambina.»
Sgabort si rivitalizzò, «cosa aspettavi a dirmelo? Ti ha detto qualcosa?»
«Mi ha detto di riferirti che ti aspetta questa sera alle ventuno al castello.»
Sgabort guardò l'orologio, notando che mancavano appena quindici minuti.
«Se vuoi, ti accompagno io», si offrì Rufus, ma il ragazzo non c'era già più, stava correndo per raggiungere la sua amata.

Giunto sotto alla sua finestra si mise a urlare, «Bambinaaa!!! Bambinaaa!!!», era talmente euforico che non fece nemmeno caso al fiatone, dimenticando addirittura di essere timido.
Si affacciò la regina Esmeralda, la quale, vedendo il ragazzo non stare più nella pelle, disse, «arriva subito, trattamela bene.»
«Non potrei mai trattarla male, maestà.»
Non appena Bambina mise i piedi fuori dalla porta, Sgabort corse verso di lei abbracciandola con tutte le sue forze. L'attesa era stata premiata. Per quelle poche ore sarebbe stato in compagnia della dama dei suoi sogni.
Lei nel suo abito bianco era talmente bella che toglieva il

respiro. Sgabort si accorse di non essersi cambiato d'abito, ma non gli importava perché in cuor suo sapeva che lei lo accettava per quello che era.

«Dove andiamo a mangiare?», chiese Bambina.

«Non ci ho pensato in realtà. A me basta solo stare un po' con te, non mi importa dove.»

«Che cosa ne dici se andassimo al "Porco antico" in Piazza Clessidra? Mi portava sempre mio padre da bambina, non è lontano e si mangia bene.»

«Va benissimo.»

Si incamminarono mentre re Dingo li spiava dai fori della tapparella del bagno.

«Se avessi la coda, scodinzolerei in tua presenza», disse Sgabort per vederla sorridere.

«Così penserei che hai voglia di giocare», rispose Bambina scherzando con lui.

«In realtà, la utilizzerei anche come ventilatore per spazzare via l'odore delle scoregge.»

«E io mi divertirei come una pazza.»

«No, ti divertiresti con una puzza.»

Si guardarono e scoppiarono in una gaia risata.

Sgabort era felice di camminare al suo fianco, si sentiva il re dell'universo e non aveva bisogno del cornavorio per esserlo. Avvertiva la sua anima comunicare con quella di Bambina, chissà da quanto tempo la cercava.

Arrivati al ristorante, vennero accolti calorosamente dal locandiere e da tutti i commensali che espressero gratitudine per la principessa e per il liberatore.

Il locale aveva un'atmosfera accogliente in grado di farti sentire a casa. A Sgabort sembrò come se da un momento all'altro sarebbe sbucata sua nonna con una ciotola piena di polpette. Si fecero una scorpacciata di anelli di cipolla fritti, pietanza di cui entrambi erano ghiotti.

La serata procedette nel migliore dei modi. Bambina era loquace, conversarono di tutto, da argomenti seri ad aneddoti divertenti, Sgabort riusciva a farla ridere e questo lo faceva star bene. Si sentiva a suo agio e non riusciva a smettere di guardarla con gli occhi dell'amore.

Bambina non era perfetta, ma quei pochi difetti che aveva, contribuivano a conferirle una rara bellezza. A primo impatto sembrava sofisticata, ma appena iniziavi a famigliarizzare, usciva fuori una ragazza semplice con un adorabile lato buffo.

Durante la canversazione, Sgabort allungò una mano chiusa con il dito indice alzato indirizzandolo dentro il naso di Bambina.

«Ma cosa fai?», chiese divertita.

«Quanti amici possono dire di averti messo le dita nel naso?»

«Se la memoria non mi inganna, nessuno», Bambina rise di gusto.

«Vedi, stiamo creando qualcosa di unico.»

«Sei proprio imprevedibile», sorrise dandogli un colpetto sul braccio.

Ci fu un attimo di piacevole silenzio che fu interrotto da Sgabort, «non mi stancherei mai di guardarti.»

«Grazie», le sue gote si tinsero di rosso.

«Per me sei come la luna piena, bisogna attenderla, ma poi comprendi che ne è valsa la pena.»

«Sgabort, cos'è la luna piena?»

«Alcune cose non si possono spiegare, bisogna vederle.»

A fine serata Sgabort riaccompagnò a casa la sua principessa. «Grazie per la piacevole serata», le disse.

«Grazie a te.»

La abbracciò riempiendola di baci sulle guance. Rischiò anche di baciarla sulla bocca, ma riuscì a evitarlo, sebbene lo desiderasse ardentemente aveva paura che lei non avrebbe gradito.

Sgabort sperava che quell'abbraccio non terminasse mai,

sapeva che una volta andata via sarebbe cominciata una nuova estenuante attesa, ma alla fine dovette lasciar la presa.

«Quando ci rivedremo?»

«Non lo so, in questi giorni sono impegnata. Sai, mi piace occuparmi delle persone anziane, ma appena potrò, verrò a cercarti.»

«Prometti.»

«Prometto.»

«Ti voglio bene.»

«Anche io.»

Restarono l'uno di fronte all'altra, Sgabort la baciò sulla fronte e si congedò, «buonanotte, fantastica principessa.»

«Buonanotte, imprevedibile cavaliere.»

Sgabort tornò a casa correndo e urlando, i gufi e i barbagianni emisero il loro canto unendosi alla sua felicità.

Tornato a casa svegliò i tre amici per raccontargli per filo e per segno la sua magica serata, i suoi occhi erano colmi di lacrime gioiose. Temistocle e Rufus erano felici per lui, Pepito si finse seccato per essere stato tirato giù dal letto, ma in realtà era molto contento per il suo amico.

Se Sgabort in assenza di Bambina non riusciva a dormire per il timore di non rivederla, quando passava del tempo con lei non riusciva a dormire per la forte eccitazione provocata dalla sua visione. Mentre era sul letto da diverse ore, riviveva la serata appena trascorsa in ogni piccolo dettaglio, "le ho messo le dita nel naso", pensò divertito. Si addormentò ridendo.

Il tempo passava e Sgabort in quella casa si sentiva accolto, sapeva che non sarebbe mai stato solo, non tutti possono raccontare di vivere insieme a tre veri amici.

Le giornate le trascorreva pescando, aiutando a coltivare

l'orto e dando una mano con le pulizie domestiche. Cercava di rendersi utile per sdebitarsi dell'ospitalità.

Appena aveva del tempo libero, si sedeva in riva al mare per pensare alla sua principessa, "un giorno passeggeremo scalzi sul bagnasciuga mentre l'acqua accarezzerà i nostri piedi", si disse.

I loro incontri divennero sempre più frequenti e la loro amicizia crebbe velocemente. Avevano dato vita a un rapporto basato sulla fiducia reciproca. Un legame simile a quello che aveva con Pepito, con la differenza che lei era molto più affascinante e lui provava un folle sentimento chiamato amore.

Le fu sempre sincero, non le nascose mai nulla, era come un libro aperto e lei un'attenta lettrice. In poco tempo arrivò a considerarla la sua migliore amica, non sapeva se lei lo vedesse allo stesso modo, ma non se ne fece mai un problema.

Palesò sempre i suoi sentimenti. Per lei provava l'amore più puro, provava l'amore incondizionato, una tipologia di amore che per comprendere bisogna essere dotati di una sensibilità fuori dagli schemi. Chi si sarebbe aspettato che Sgabort fosse tanto sensibile?

Un pomeriggio la invitò a passeggiare sulla riva del mare. Macinarono insieme chilometri conversando e scherzando come al solito, sembravano due vecchi amici nonostante la loro giovane amicizia.

Sgabort non resistette, la abbracciò baciandola sulla fronte, aveva una voglia matta di sapere se ci sarebbe mai stata la possibilità di creare qualcosa che andasse oltre l'amicizia, non riuscì a controllarsi e agendo in preda all'impulsività la sua bocca emise, «ti amo.»

Lei sorrise in vistoso imbarazzo, rimanendo in silenzio.

La riaccompagnò a casa. Per la prima volta si sentirono a

disagio. Durante il tragitto non si scambiarono alcuna parola. Fu un silenzio assordante.

Al momento del saluto, Sgabort ci riprovò, «ti amo.»

Lei sorrise, ma non si espresse neanche in questa occasione.

Sgabort era risoluto, voleva conoscere i suoi sentimenti e per spronarla disse, «il tuo silenzio mi fa male, se davvero mi vuoi bene non cercarmi più», si girò per andar via.

«Aspetta!», Bambina lo richiamò, «senti, ti voglio tanto bene, ma i miei sentimenti non vanno oltre l'amicizia. Se non vuoi più vedermi, anche se solo per un periodo, capirò.»

«Con te non avrò mai una possibilità?»

«Penso proprio di no, e poi... e poi, questa non è una storia d'amore, non dimenticare che hai una cimice come migliore amico. Mi dispiace.».

«Senti, sei importante per me e non voglio perderti, non è colpa mia se ti amo. Mi piacerebbe che il nostro rapporto non cambi.»

«Possiamo provarci, non voglio perderti neanche io.»

«Mi permetterai ancora di abbracciarti?»

«Si, certo.»

«E ogni tanto mi permetterai di dirti ti amo?»

«Si, se ti fa stare bene.»

«Questo mi basta», rimase in silenzio, poi aggiunse, «ti risulterei patetico? Sii sincera.»

«Assolutamente no.»

«Adesso è tardi e c'è tuo padre sul balcone che ci osserva, ma la prossima volta che ci incontriamo dobbiamo cercare di risolvere questa situazione che si è venuta a creare.»

«Senza dubbio.»

«Aspetterò che tu mi venga a cercare. Buonanotte Bambina.»

«Buonanotte Sgabort.»

Non ci fu nessun abbraccio.

Sgabort rientrò a casa sconsolato, una notte insonne stava per rimboccargli le coperte, aveva l'impressione di aver rovinato qualcosa di straordinariamente bello.

Il mattino seguente si sedette rattristato sotto un salice piangente.
Appena Pepito lo vide, volò subito verso di lui. «C'è qualcosa che ti affligge?», gli chiese conoscendo già l'esito della risposta.
«Si. Credo di aver rovinato la cosa più bella che abbia mai costruito.»
«Ti va di parlarne?»
Sgabort gli raccontò ogni cosa mentre Pepito ascoltava senza interrompere. Concluse il racconto dicendo, «ho paura che non verrà più a cercarmi.»
«Sta' tranquillo, sono certo che vi rivedrete e risolverete tutto, si vede lontano anni luce che vi unisce un forte legame affettivo. Comunque almeno ora sai che per il momento non potrete andare oltre l'amicizia.»
«Non mi importa.»
«Spero solo che per te l'amicizia nei suoi confronti non sia un ripiego.»
«L'amicizia pura nei suoi confronti non sarà mai un ripiego, un accontentarsi, per me è il punto più alto del legame tra le nostre anime.»
«Non ti avevo mai sentito parlare in questo modo, sei cresciuto molto. Ora vado a fumare una sigaretta, vedrai che tra qualche minuto ci sarà una tua vecchia conoscente a farti compagnia.»
Qualche minuto dopo arrivò Temistocle cavalcando (o muflonando) Rufus, il saggio portava con se una cornamusa. Sgabort capì a cosa si riferiva Pepito.
«Svagati un po' ragazzo, vedrai che le cose torneranno al proprio posto», disse Temistocle consegnandogli lo stru-

mento.

«Non dimenticarti che ci siamo noi a darti supporto», aggiunse Rufus.

«Lo so. Grazie di tutto amici miei.»

Sgabort si recò sulla riva del mare e suonò fino al tramonto, non aveva mai dimenticato quanto gli piacesse suonare la cornamusa. Sentì suo padre accanto infondergli coraggio.

Si recò lì anche nei giorni successivi, appena aveva un po' di tempo da dedicare a se stesso. In quel luogo aveva trascorso con Bambina uno stupendo pomeriggio, l'ultimo passato insieme.

Mentre suonava, la sua mente continuava a riproporgli la scena in cui le aveva detto "ti amo".

Giunse il quinto giorno in cui non riceveva notizie di Bambina, le speranze continuavano ad affievolirsi e l'attesa era snervante.

"La sua abitazione non è molto distante, perché mi lascia in questo stato se conosce la mia sensibilità e dice di volermi bene?", si chiedevano i suoi pensieri.

Ad un tratto sentì una presenza sedersi al suo fianco, «ti avevo detto che sarei venuta?». Era Bambina.

la sofferenza e i cupi pensieri svanirono di colpo. Il ragazzo si rasserenò.

«Posso abbracciarti?», chiese Sgabort con occhi luridi.

«E dai! Almeno in questa circostanza non prendermi in giro», mi rimproverò.

«Va bene, scusami, ma stava diventando troppo serio il racconto», gli risposi. Dove eravamo rimasti?... ah si...

... «Posso abbracciarti?», chiese Sgabort con occhi lucidi.

«Certo che puoi, da quando in qua mi chiedi il

permesso?», sorrise per tirarlo su di morale.

Lui la abbracciò come suo solito, conscio che era un abbraccio speciale, era l'abbraccio di un nuovo inizio.

«In fondo lo hai sempre saputo che ti amo.»

«Si, l'ho sempre saputo, ma non ti nascondo che sentirtelo dire mi ha un po' spaventata. Non sono abituata a persone che parlano così apertamente dei propri sentimenti, io non ci sono mai riuscita. Sei una persona molto sensibile ed emotiva, apprezzo molto queste qualità. Comunque credimi, non sono tutto questo granché.»

«Per me sei perfetta così come sei, non cambierei nulla di te.»

«Grazie, mi riempi sempre di complimenti.»

«L'altra sera volevo solo esternare i miei sentimenti, non ce la facevo più a non dirti "ti amo", ma speravo che tu mi dicessi qualcosa, non mi importava se in positivo o in negativo, avrei continuato ad amarti incondizionatamente. Invece sei rimasta in silenzio, se fossi andato via quando mi hai sorriso mi sarei solo illuso.»

«Hai ragione, avrei dovuto parlarti. Ma mettiti nei miei panni, mi hai colta di sorpresa e non sapevo come comportarmi. Ci tengo davvero tanto a te e avevo paura di farti del male.»

«Non lo avevo considerato, ho visto solo le cose dal mio punto di vista. Scusami.»

«Non devi scusarti. Mi spieghi cosa intendi per amore incondizionato?»

«Intendo che io posso fare di tutto per vederti felice senza chiederti nulla in cambio, voglio solo che tu stia bene.»

«Anche se ti ho detto che noi due non avremo mai una relazione amorosa?»

«Per me non cambia nulla. Continuerò ad amarti.»

«Ascolta Sgabort, non voglio farti del male, ma ho paura che frequentandomi tu ti illuda per poi soffrire.»

«Mi faresti del male se uscissi dalla mia vita, io ci tengo alla nostra amicizia. Ti amerò da amico, ma per favore non andar via. Ti fidi ancora di me?»

«Certo, non ho mai nutrito dubbi a riguardo.»

Gli occhi della principessa brillarono, a Sgabort parve di intravedere anche un velo di malinconia, le sembrava dispiaciuta per non amarlo. La prese per mano e restarono in silenzio, in un silenzio pieno di dolci armonie.

Non l'aveva mai tenuta per mano a parte nei sogni o nelle sue fantasie, quella sensazione gli piacque molto. Le mani di Bambina erano talmente calde che gli riscaldarono il cuore.

«Quanti amici possono dire di averti tenuta per mano?»

«Se non ricordo male, mai nessuno.»

«Questo rende unica la nostra di amicizia.»

«Intendo questo quando dico che parli apertamente dei tuoi sentimenti. Ho molto da imparare da te.»

«E io ho molto da imparare da te.»

«Non ho molto da insegnare.»

«Invece credo che apprenderò tanto.»

Ritornarono a godersi il silenzio. Il tramonto che si rispecchiò nell'acqua, unito al canto dei dugonghi in lontananza che interpretavano i brani di Cristina D'avena, resero quel pomeriggio indimenticabile.

«Torno a casa, i miei saranno in pensiero», disse Bambina alzandosi in piedi, subito imitata da Sgabort.

«Ti va se ti faccio compagnia?»

«Certo.»

I due si incamminarono.

«Sei uno dei doni più belli che la vita mi abbia fatto. Hai detto che non si andrà mai oltre l'amicizia e io ti regalerò la più bella storia di amicizia che la mente umana possa ricordare. Quando si parlerà dell'amicizia tra un uomo e una donna, si penserà subito a noi due. Ti va di essere amici in eterno?», chiese Sgabort porgendole una mano.

Lei la strinse delicatamente, sorridendo rispose, «amici in eterno.»

«Sai cosa significa? che la nostra amicizia non avrà mai fine. Se si avverasse sarebbe grandioso.»

«Dipende tutto da noi, ma sono sicura che ci riusciremo, c'è un forte legame che ci unisce indissolubilmente.»

«Mi vuoi bene?», chiese Sgabort guardandola in attesa di una risposta.

«Si. Ti voglio bene», rispose lei con occhi sorridenti.

Rimasero in silenzio. Bambina notò che Sgabort, oltre a essere sovrappeso, era anche sovrappensiero.

«Qualcosa non va?», gli chiese con una leggera preoccupazione.

«No, va tutto bene. Stavo solo pensando che in un'altra vita la mia anima amava la tua, ma non è mai riuscita a dichiararsi. In questa vita ti ho ritrovata e non perderò mai occasione per dirti ciò che provo. Come in eterno ti sarò amico, così in eterno ti amerò.»

«Non ho mai conosciuto una persona con la tua dolcezza. Sei l'unico che allo stesso tempo mi fa arrossire, mi riempie di attenzioni e mi strappa sempre un sorriso, tutto questo senza pretendere nulla in cambio. Grazie.»

Arrivarono a destinazione e venne il momento di salutarsi. Sgabort la strinse forte a se e, notando che lei lo abbracciò più forte del solito, la riempì di baci sulle guance e sulla fronte.

«Ti amo», le disse.

Lei lo strinse ancora più forte.

«Buonanotte Bambina. Quando ci rivedremo?»

«Non so quando, ma fidati che non passerà molto tempo. Buonanotte Sgabort.»

«Ti aspetterò.»

Sgabort si girò per tornare a casa, ma mettendo le mani in tasca gli venne in mente un'idea per farla divertire. Tirò fuori una scatolina che sembrava un contenitore per anelli

e disse, «ehi, aspetta!»
Bambina vedendo il contenitore pensò, "spero che non mi chieda di sposarlo."
Sgabort, si inchinò, aprì la scatolina e domandò, «oh mia principessa, le va una liquirizia?»
«Sei proprio scemo», Bambina rise a crepapelle mentre ne prendeva una.
Sgabort ritornò a casa molto più sollevato di come era uscito quella mattina, contento di aver ritrovato la sua principessa.

Le cose tra i due giovani procedevano nel migliore dei modi. Sgabort stava mantenendo la sua promessa, le stava regalando un rapporto mai visto in precedenza. Paragonava la loro amicizia a un forziere da riempire un po' per volta con le loro esperienze comuni e di cui entrambi dovevano prendersene cura.
Con il tempo riuscì a gestire in maniera meno emotiva le attese dei loro incontri, attese che si fecero sempre meno lunghe.
Spesso cenavano assieme, a volte andava lei a casa di Temistocle dove era ben voluta da tutti, a volte era Sgabort a recarsi al castello e re Dingo era ben lieto di averlo alla sua tavolata, nutriva per lui un profondo rispetto e ammirava la lealtà che aveva nei confronti di sua figlia. Per la cronaca al castello erano la regina Esmeralda e Bambina a occuparsi delle preparazioni culinarie, al re era severamente vietato avvicinarsi ai fornelli.
Ogni tanto Rufus li accompagnava a fare viaggi in nuovi posti, per quanto si affaticasse, era lieto di sacrificarsi per vedere il suo amico contento.
Temistocle costruì per loro una gondola, in tal modo avrebbero potuto fare delle gite romantiche sul mare. Pepito per non sentirsi escluso e omaggiare anche lui l'amicizia dei due giovani, fece da gondoliere. Considerate le dimen-

sioni ridotte, il suo contributo servì a ben poco, ma Sgabort e Bambina gli furono comunque grati.
I mesi trascorsero e il forziere si era ben riempito.

Un giorno, mentre Sgabort suonava in riva al mare, si unirono a lui Rufus e Pepito. Il ragazzo notò che erano più meditabondi del solito, «come mai oggi siete così silenziosi?», chiese.
«Dovremmo dirti una cosa», rispose Pepito.
«Spero non sia nulla di grave.»
«Niente di grave. Io e Rufus domani partiamo.»
«Come sarebbe a dire che partite?»
«Dopo aver contribuito a salvare il regno, abbiamo pensato che i nostri servigi potrebbero tornare utili in posti lontani.»
«Non dispiacerti Sgabort, sicuramente ci rivedremo ancora», Rufus cercò di indorare la pillola.
«Perché non volete che parta con voi?»
«Ci farebbe piacere averti con noi, ma sappiamo quanto tieni a Bambina», rispose Pepito.
«Potrebbe partire anche lei.»
«Il re non glielo permetterebbe mai e inoltre è molto legata alla sua terra.»
«A questo punto dovrei scegliere se partire con voi o restare con lei.»
«Proprio così.»
Sgabort dopo aver ben riflettuto, comunicò, «mi unisco a voi.»
«Sei sicuro di quello che dici?», chiese Rufus mentre alzava una zampa posteriore per far pipì.
«Si, se la sua mancanza mi farà star male potrò comunque tornare indietro, inoltre servirà per testare la nostra amicizia. Se siamo davvero eterni amici la lontananza ci renderà ancora più vicini.»
«Sono contento che tu venga con noi, avrei patito la tua

mancanza», concluse Pepito.

Sgabort e Bambina trascorsero quella che per qualche tempo sarebbe stata la loro ultima serata assieme. Il ragazzo cercò di non far trasparire il suo dispiacere.

Riuscì a farla ridere come al solito, quel sorriso gli sarebbe mancato. Per un attimo mise in dubbio la sua scelta.

Anche quella sera arrivò il momento di salutarsi.

Mentre erano l'uno davanti all'altra, Sgabort prendendola per mano disse, «devo parlarti.»

«Sono tutta orecchie», rispose lei sorridendo pensando a una delle sue burle, ma si rese subito conto di non averlo mai visto così serio.

«Domattina partirò con Pepito e Rufus.»

Bambina abbassò lo sguardo, il suo sorriso si spense. Ritornando a guardarlo disse, «quando tornerai?»

«Non lo so.»

«Mi mancherai, ma se è ciò che desideri, fallo.»

«Sono giovane e ho voglia di fare nuove esperienze. Se patirò la tua lontananza, non dovrò fare altro che mangiare una liquirizia del teletrasporto per tornar da te.»

«E se dovessi essere io a volerti rivedere?»

«Ho già avvisato Temistocle di preparare una confezione di liquirizie speciali anche per te.»

«Ma come farò a sapere dove sarai? L'universo è immenso.»

«Segui il tuo cuore e mi troverai.»

Con questa frase senza senso si strinsero in un lungo abbraccio.

L'indomani mattina i tre erano pronti per partire. Salutarono Temistocle che sarebbe tornato a vivere da solo e avrebbe avuto più tempo da dedicare ai suoi antichi tomi.

«Aspetta Sgabort!», si udì una voce in lontananza.

Il ragazzo si voltò vedendo Bambina con re Dingo e regina Esmeralda. Aspettò che lo raggiungessero.

«Figliolo, ti auguro di realizzare tutti i tuoi sogni, grazie ancora per avermi ridato ciò che mi era stato sottratto. Ci tenevo a salutarti», disse il re stringendo con forza la mano del ragazzo.

«Grazie Sgabort, saremo sempre in debito con te», furono le parole della regina.

«Basta con tutta questa gratitudine. Se non avessi combattuto per voi, non avrei mai conosciuto Bambina. Sono io ad avere un debito nei vostri confronti.»

I due sovrani andarono a salutare gli altri, lasciando da soli i due giovani. La stella Galileo illuminava il volto della principessa e a Sgabort parve più bella che mai, sapeva che non l'avrebbe mai dimenticata.

«Hai visto, sono passata a salutarti.»

«Mi fa tanto piacere.»

«Mi penserai ogni tanto?»

«Ti penserò costantemente, amore mio. Tu mi penserai?»

«Certo. Abbiamo vissuto tanti bei momenti assieme.»

«Ce ne saranno ancora altri. Ricordati che il nostro non è un addio ma un arrivederci.»

«Credi ancora che rimarremo amici in eterno?»

«Devo esserti sincero, non lo credo.»

«Come non lo credi?», il volto di Bambina si rattristò.

«Lasciami finire. Non lo credo perché lo so. So che rimarremo amici in eterno.»

«Posso abbracciarti?»

«Adesso sei tu a chiedermi il permesso. Fallo quando e quanto vuoi, vivo per un tuo abbraccio.»

Si strinsero in un tenero abbraccio, entrambi desideravano che non terminasse mai.

Rimasero stretti tra loro per diversi minuti, fu la voce spazientita di Pepito a decretarne la fine, «ehi rubacuori! Se vuoi, ti lasciamo qui!»

«Arrivo, arrivo. Riesce sempre a rovinare i momenti più

belli», protestò il ragazzo. «Ci vediamo Bambina.». Si girò per unirsi ai due esseri alati.

«Ehi Sgabort, aspetta!», Bambina si riavvicinò a lui baciandolo intensamente sulle labbra, regalandogli la sensazione più bella che avesse mai conosciuto.

«Sono appena stato in paradiso.»

«Quante amiche possono dire di averti baciato sulla bocca?»

«Se la memoria non mi inganna, mai nessuna.»

«È anche per questo che la amicizia è unica.»

Si scambiarono un sorriso.

«Ti amo.»

«Sgabort, devo confessarti una cosa.»

«Non voglio sentirla. Ricordati che questa non è una storia d'amore.»

«Hai ragione. Fa' buon viaggio.»

«Arrivederci Bambina.»

Sgabort salì in groppa a Rufus che sotto l'enorme peso del ragazzo si lamentò, «da domani ti metti a dieta, altrimenti ci seguirai a piedi.»

«Senz'altro, amico mio. Senz'altro. E ora in volo verso nuovi orizzonti!»

Sgabort, Pepito e Rufus partirono alla ricerca di nuove avventure.

Per Sgabort iniziò una giornata straordinaria in una vita straordinaria.

A noi non resta che augurargli buona fortuna.

FINE

Epilogo

«Ehi, aspetta un momento. Come sarebbe a dire fine? Cosa ne è stato del mio corpo?», mi chiese Sgabort.

«Hai ragione, me ne stavo proprio dimenticando. Carlo trovò il coraggio per divorziare da Sara. Terminò un corso di pittura. Imparò a parlare lo spagnolo alla perfezione. Iniziò a frequentare la palestra in cui si era iscritto, non ebbe mai un fisico scultoreo, ma comunque raggiunse un fisico invidiabile. Lesse i libri che non aveva mai finito di leggere e che erano a prendere polvere sulla libreria in legno massello. Scrisse anche un libro divertente che narrava le epiche gesta di un ragazzo, teletrasportato sulla terra da un pianeta sconosciuto, che aveva una piattola come miglior amico.»

«Ma come ha fatto a fare tutto questo senza di me che ero la sua essenza? Il mio vecchio corpo non era in modalità pilota automatico?»

«Mio caro Sgabort, te lo ha detto anche Pepito, tu ti fai un sacco di seghe mentali.»

Dediche e ringraziamenti

Dedico questo libro a:

- Nonna Clelia: ovunque tu sia, stammi accanto;
- Mamma e Papà: grazie per tutto ciò che avete fatto e continuate a fare per me;
- Clelia D.: disegnatrice della bozza originale dell'immagine di Sgabort in copertina. Se avessi potuto scegliere una sorella, avrei scelto te... stavo dimenticando che sei già mia sorella;
- Andrea P.: fratello caro, spero di rivederti presto;
- Giovanni M.: autore della copertina, compagno di mille avventure e fratello di vita, nonché mio migliore amico;
- Michele C.: fratello di vita e grande amico;
- Desiree B.: scusami se in passato non ti ho trattata come meritavi;
- Rossana T.: grazie per avermi sopportato per nove anni di convivenza. Ti vorrò bene per sempre;
- Francesca R.: l'amica che amo incondizionatamente e che adoro abbracciare, credo di esserne dipendente. Le vicende di Sgabort e Bambina sono ispirate al nostro rapporto. A differenza della loro storia, tra di noi non c'è mai stato alcun bacio sulle labbra, ma non mi importa;
- Me stesso.

Per evitare dimenticanze, ringrazio:
Chi mi ha voluto bene, chi me ne vuole e chi me ne vorrà.
Ringrazio anche te che hai letto questo libro, mi auguro che ti sia piaciuto e che sia riuscito a intrattenerti.

- Jack Splash -
le epiche avventure di
SGABORT E PEPITO LA CIMICE

Printed in Great Britain
by Amazon